*Alle geschilderten Handlungen
und Personen sind frei erfunden.
Ähnlichkeiten mit lebenden oder verstorbenen
Personen wären zufällig.*

*Christoph Dölz*, geboren in Berlin, aufgewachsen in Bad Vilbel bei Frankfurt am Main, beschäftigt sich seit früher Jugend intensiv mit Geschichte, Kunst und Literatur. Er studierte Kunstgeschichte in Bamberg und Frankfurt sowie Englische Literatur und Kunstgeschichte in Florenz. Dort war er einige Jahre Direktor einer Privatschule. Neben leitenden Funktionen im Bildungstourismus promotete er in Zusammenarbeit mit der britischen Royal Society of Arts die vom »Erasmus-Programm« der Europäischen Union finanzierte Fortbildung der Englischlehrer*innen aus den neuen Bundesländern. Im Anschluss war er für große Unternehmen im Event- und Incentive-Bereich international unterwegs. Dölz lebt und arbeitet in der Toskana.

Christoph Dölz

# Das Michelangelo-Kruzifix

Ein Kommissar-Fingerhut-Roman

LINDEMANNS

*Jeder Versuch,*
*mit der Vergangenheit abzuschließen,*
*schlägt fehl, weil die Vergangenheit*
*mit niemandem abschließt.*

# Prolog

Hauptkommissar Isidor Fingerhut, Chef des Dezernats 11, Tötungsdelikte, Entführungen, erpresserischer Menschenraub am Polizeipräsidium Bayreuth, ist Mitte fünfzig und von mächtiger Statur. Seine Körpergröße von ein Meter dreiundneunzig ist proportional zu seinem Leibesumfang, den eine erwachsene Frau nicht mit beiden Armen vollständig umfassen kann. Isidor Fingerhuts Schädel sitzt auf einem kurzen Hals, der aus breiten Schultern hervorkragt. Wäre sein quadratisches Gesicht Teil einer Portraitbüste aus Stein oder Holz, so würde jeder Betrachter sie als grob gemeißelt und für das Werk eines missgelaunten Bildhauers halten.

Fingerhuts sprichwörtlich sprechenden Augen oszillieren in Sekundenbruchteilen von gütig und verständnisvoll zu misstrauisch und zweifelnd, manchmal anklagend. Seiner bisweilen fesselnden Wirkung auf Menschen ist er sich bewusst und behauptet, dass dieser Umstand in manch akuten Gefahrensituationen Schlimmeres verhütet, weil er potentielle Täter von ihrem Handeln abhält.

Ein Täter muss deine Autorität als verlässlich erkennen, er muss sie anerkennen, geradezu verinnerlichen. Das passiert in Akutsituationen in den ersten Sekunden, manchmal in einem Bruchteil davon.

Wie der Sohn seinem Vater, der Angestellte seinem Boss, der Soldat dem Offizier, der Gläubige seinem Gott, so muss der Täter sich deiner Autorität beugen, dir folgen, dir vertrauen, ist eine zentrale Fingerhut'sche These. Manche Menschen folgen, andere befolgen und wieder andere gehorchen gerne. Es ist in ihrer DNA. Es nimmt ihnen Verantwortung ab und gibt ihnen so etwas wie Würde zurück, weil sie wieder Teil einer Gemeinschaft werden, die durch Respektierung grundsätzlicher Werte, Normen und Tugenden zusammengehalten wird und deshalb funktioniert.

Fingerhut ist ein Mann von großer Empathie für die Opfer und unermüdlichem Interesse für die Motive der Täter, die er in sozioökonomischen und psychischen Abhängigkeiten zu lesen versteht.

Nach seiner Überzeugung gibt es eine grobe Unterscheidung von Täterpersönlichkeiten. Da sind jene, die ihren Anspruch auf materielle Güter über den Anspruch anderer stellen und sich somit im Recht sehen zu betrügen, zu rauben, zu erpressen und, in Extremfällen, auch zu töten. Unter ihnen sind die schrecklichsten Gewalttäter, die die Befriedigung, wenn nicht materieller Ansprüche, auch ihrer Lust, über den Schmerz der anderen stellen. Diese Täter sind die Gefährlichsten, die du nicht erreichen kannst, weil die Rechtfertigung ihrer Handlungen in ihrer Persönlichkeit liegt. Sie können nichts Unrechtes tun, weil sie immer im Recht sind. Sie sind selbstherrlich und, bei Bestrafung, selbstgerecht.

Dann gibt es die Täter, die es beruflich tun, das Klauen, Hinterziehen, Fälschen, Betrügen. Man findet sie in den Institutionen, die zu den tragenden Säulen unserer Gesellschaft zählen, genauso wie in den Bars rund um den Hauptbahnhof, in Banken, in Bordellen. Sie betreiben ihr Geschäft und wissen, dass sie gegen das Gesetz und zum Nachteil anderer arbeiten. In ihrer Hybris halten sie das Risiko der Entdeckung, Festnahme und Verurteilung für kalkulierbar, weil ausgerechnet auf sie nicht anwendbar. Lange Haftstrafen, und, bei einer Vielzahl von Wiederholungen, die Sicherungsverwahrung bleiben für diese Täter abstrakt, bis die Tür plötzlich hinter ihnen ins Schloss fällt.

Und dann gibt es den Verzweiflungstäter, der aus einer seelischen Notlage heraus handelt, die sich ihm akut darstellt, der die Tat nicht plant, sondern im Moment des Affekts auch für den Splitter einer Sekunde sein physisches, materielles oder psychisches Überleben von dieser Tat abhängig macht. Wenn

Menschen ihren »breaking point«, ihre Bruchstelle, erreichen, werden sie zu Tätern.

»Das kann allen passieren und mir sowieso!«, erklärt Fingerhut von Zeit zu Zeit. »Moral wird bei vielen Menschen von den Zuständen konditioniert, in denen sie leben. Die Ausnahmen sind Heilige.«

Vor seiner Karriere im Polizeidienst hatte Isidor Fingerhut einige Semester Katholische Religion und Deutsch für Lehramt an der Universität Augsburg studiert. Er ist ein musischer Mensch, nicht im Sinne eigener künstlerischer Begabung, eher in seiner Aufgeschlossenheit für Musik und Malerei. Fingerhut hat eine Schwäche für Fruchtgummis, besonders für Gummibärchen, und eine Vorliebe für erlesene Teesorten.

Polizeihauptmeisterin Philomena Miyakawa, die Assistentin von Fingerhut, ist ein drahtiger, behänder Typ mit asiatischen Wurzeln. Ihre Mutter ist Deutsche, der Vater Japaner. Sie trägt ihr Haar kurz und besitzt, was Fingerhut besonders schätzt, einen wachen Geist und viel Humor.

»Humor brauchst du in diesem Job!«, wiederholt Fingerhut allzu gerne.

Philomena siezt ihren Chef und schafft es, entsprechend einer Sitte aus dem Land ihres Vaters, das immer wieder angebotene »Du« nur im privaten Rahmen zu benutzen.

Fingerhut hingegen variiert seine Anreden. Meistens siezt er seine Assistentin, duzt sie im Dienst in wenigen Ausnahmesituationen, meist in imminenter Gefahr, im privaten Zusammensein sowieso; manchmal nennt er sie auch »meine liebe Miyakawa«.

# I

Ein Mann liegt neben einem Alfa Romeo 2600 Spider, vielleicht 64er-Baujahr, auf einer steil abfallenden Streuobstwiese unterhalb des Schafskopfs, der 333 Meter über Normalhöhennull erreicht, unweit des Schnaiter Horns steht und von einem Bildstock mit Marienfigur und Christuskind-Darstellung bekrönt wird. Ein Bauer steigt von seinem Traktor und läuft zum Unfallort. Er zieht den Mann von dem brennenden Fahrzeug weg. Feuerwehr und Krankenwagen treffen ein.

# II

Professor Wedekind und Kriminalhauptkommissar Fingerhut gehen über den Parkplatz des Pathologischen Instituts am Klinikum in Bayreuth. Wedekind hantiert im Gehen umständlich mit einem Trenchcoat, wobei er seine Aktenmappe erst in der einen, bald in der anderen Hand hält, um endlich stehen zu bleiben, sie zwischen die Knie zu klemmen und das Kleidungsstück, das vom Wind gleich einem Segel aufgebläht wird, ruckartig überzuziehen.

»Der Unfall ist nicht ursächlich für den Tod des Mannes«, sagt der Professor.

»Also eine Kohlenmonoxid-Intoxikation«, erwidert Fingerhut reflexartig.

»Nein. Auch keine Rußeinatmung«, sagt Wedekind. Er nimmt seine Aktenmappe und läuft weiter. »Der Mann war bereits tot.«

»Die Todesursache?«, fragt Fingerhut, wobei er sein Schrittmaß an das des feingliedrigen Mediziners anpasst.

»Eine fortgeschrittene Exsikkose. Er ist regelrecht ausgetrocknet, umgangssprachlich verdurstet. Komplett dehydriert. Die Blutprobe hat eine extrem hohe Kaliumkonzentration ergeben. War also massiv salzhaltig«, erklärt Wedekind, während er auf einen weißen Fiat 500 zuläuft und das Auto beinahe entschuldigend als den Wagen seiner Tochter deklariert, »Der Mann ist einen schrecklichen Tod gestorben. Durst ist schlimmer als Schmerzen«, fügt er hinzu. »Die Nieren versagen. Harnstoff und Harnsäure können nicht mehr ausgeschieden werden. Der Körper vergiftet sich selbst. Die Haut wird braun und riecht nach Urin. Die Kaliumkonzentration steigt weiter an, das Herz gerät aus dem Takt«, erklärt Wedekind, während er sich hinter das Steuer des Fiat setzt und den Motor anlässt.

»Es kommt zum Herzstillstand«, vervollständigt Fingerhut nachdenklich.

»Spätestens nach sechs Tagen. Oft früher«, ergänzt Wedekind. »Sie haben den kompletten Obduktionsbericht morgen auf Ihrem Rechner«, sagt der Pathologe noch, als er die Wagentür langsam zuzieht, das Fenster herunterlässt und Isidor Fingerhut im Abfahren zuwinkt.

# III

Der Verleger Richard Tauber steht in seinem Büro, das durch die sparsame Ausstattung mit Möbeln aus blitzenden Edelstahlgestellen unter weißen Lederkissen eine, wenn nicht sakrale, so doch reine Atmosphäre ausstrahlt. Fingerhuts Assistentin, Philomena Miyakawa, sitzt ihm gegenüber.

»Hatte Hauptkommissar Fingerhut keine Zeit?«, fragt Tauber nervös, steht auf und misst zunächst zaghaft, dann entschieden den Raum mit immer gleich großen Schritten ab.

»Er ist bereits auf dem Weg nach Schnait«, antwortet Miyakawa ungerührt.

»Mateusz Zelter ist ermordet worden«, sagt Tauber wiederholt in einem Decrescendo der Stimme, um gleich darauf überaus erregt zu erklären, dass Zelters letztes Buch einen Shitstorm ausgelöst hatte.

»Haben Sie es gelesen?«, fragt Tauber und, ohne Philomenas Antwort abzuwarten, fährt fort, dass es in Zelters Buch um die Nachfahren der braunen Eliten ging, die heute wieder Rechtsextreme mit Finanzspritzen päppeln.

»Nach 1945, in der Adenauer-Zeit, waren es originäre Nazi-Seilschaften, die sich Positionen und Erträge zuschacherten. Heute sind deren Enkel unterwegs, unsere Demokratie mit ihrem rechten Gift zu kontaminieren.«

Tauber bleibt vor einem wandhohen, weißen Regal stehen. Er zieht zwei prall gefüllte Ordner heraus und legt sie vor Philomena auf seinen Schreibtisch.

»Zelter nennt in seinem Buch illustre Namen«, sagt der Verleger leise, beinahe konspirativ, wobei er den Aktendeckel einer der beiden Ordner aufschlägt. »Und das ist deren Reaktion: Morddrohungen, dutzendweise.«

Philomena liest die oben aufliegende, erste von vielen hundert abgehefteten Mails, die voller Hass ist und dem »innigsten« Wunsch Ausdruck gibt, der Autor von »Das Braune Erbe. Wie die Enkel prominenter Nationalsozialisten den aktuellen Rechtsextremismus finanzieren« solle in einem Verkehrsunfall schwerste Verletzungen erleiden, die ihn nicht töten, ihm aber ein qualvolles, Jahrzehnte andauerndes Wachkoma bescheren.

»Das ist ja grauenhaft!«, ruft Philomena aus und stößt den Ordner ein Stück von sich weg. »Haben Sie das nicht angezeigt?«

Natürlich hatten Tauber und Zelter Strafanzeige um Strafanzeige gestellt. Derselbe Staatsanwalt, der jetzt die Ermittlungen leitet, hatte immer wieder die Auskunft gegeben, dass man als Autor und Verleger vieles aushalten müsse, dass zuerst zu prüfen sei, ob die eine oder andere Äußerung nicht doch unter dem Schutz von Artikel 5 Grundgesetz, also der Meinungsfreiheit, stehe und, dass es sich bei den Absendern oft um Fake- oder Wegwerf-Adressen handele, die über internationale Anbieter von 10-Minuten-Mails laufen, dass die Nachverfolgung der IP-Adresse theoretisch möglich sei, doch sehr aufwändig, auch kostspielig, und die Personalressourcen einfach nicht vorhanden seien.

Philomena zieht den Ordner wieder zu sich heran. Sie blättert mit spitzen Fingern Seite um Seite um, als wolle sie verhindern, von der Druckerschwärze dieser menschenverachtenden Parolen beschmutzt zu werden.

# IV

Fingerhuts Fahrt nach Schnait am See gestaltet sich schwierig. Auf der Landstraße, wenige Kilometer vor Zellach, der größeren, Schnait vorgelagerten Kreisstadt, fängt der Motor von Fingerhuts Mercedes 220 SE Cabriolet plötzlich an zu stottern. Da Fingerhut an seinem alten Benz hängt, gibt er konzentriert und vorsichtig Gas. Der Motor heult zwar auf, verweigert sich dann doch, ruckelt wieder. Der Kommissar klopft leicht, immer wieder aufmunternd, auf das Lenkrad, streichelt es bald. »Komm! Baby. Nicht schlappmachen. Nicht in dieser Pampa. Auf geht's!«

Fingerhut lässt seinen Oldtimer schließlich in einer Haltebucht ausrollen. Als er sein Smartphone vom Beifahrersitz nimmt, um im Netz nach einem Abschleppdienst zu suchen, muss er feststellen, dass, natürlich, kein Netz in dieser Pampa vorhanden ist.

»Im Funkloch. Und jetzt?«

Da hört er ein deutliches Fiepen, das aus dem angrenzenden Getreidefeld kommt. Er dreht sich um, den Kopf hin und her, kann aber nichts entdecken. Er steigt aus, klappt die Motorhaube auf, wie jemand der, ganz im Gegensatz zu seiner Inkompetenz in punkto Technik, KFZ-Expertise besitzt. Er sieht nichts als diesen perfekt restaurierten, wenige Jahre zuvor komplett überholten silberglänzenden Motorblock. Er geht zum Kofferraum, zieht sich eine Warnweste an, nimmt das Warndreieck heraus und läuft einhundert Meter auf der Landstraße zurück, wo er es aufstellt. Als er sich umdreht, sieht er in einiger Entfernung eine Frau mit einer großen Umhängetasche in seine Richtung kommen. Sie sucht ganz offensichtlich etwas. Die Frau biegt das hochgewachsene Getreide beiseite. Fingerhut winkt ihr zu. Erst als Fingerhut zu rufen beginnt, schaut die Frau auf und hält den ausgestreckten Zeigefinger an die gespitzten Lippen als Zeichen, still zu sein. Fingerhut sieht die Frau eine Decke aus der Umhängetasche nehmen, sich bücken, zwischen den hohen Ähren verschwinden und bald wieder auftauchen. Sie hat ein Bockkitz in die Decke eingeschlagen und kommt damit auf Fingerhut zu. Das Kitz ist wie versteinert. Es bewegt sich nicht.

»Da haben wir noch mal Glück gehabt! Glück im Unglück.«

Die Frau erzählt, dass sie am selben Morgen eine tote Ricke neben der Landstraße gefunden habe. »Gleich da hinten«, sagt sie und zeigt auf einen breiten, gepflasterten Weg, »an der Zufahrt zu meinem Hof.«

Auf Fingerhuts vielleicht unüberlegte Nachfrage, woher sie wusste, dass das tote Reh ein Junges zu versorgen hatte, antwortet die Frau, dass das Reh ein deutlich dickes Gesäuge hatte.

»Da konnte das Kitz nicht weit sein.«

Fingerhut bemerkt, dass auch er das Fiepen gehört habe, während er im Netz nach einem Abschlepp ... Die Frau schneidet Fingerhut das Wort ab, lacht die Worte »Smartphone« und »Internet« mit deutlichen, spöttischen Fragezeichen in der Stimme heraus und bietet dem Kommissar an, von ihrem Festnetz aus zu telefonieren. Fingerhut schließt sogleich das Verdeck seines Cabriolets, schlägt die Motorhaube und den Kofferraum zu und dreht die Schlüssel in beiden Türschlössern.

Kaum eine halbe Stunde später sitzt Fingerhut im Führerhaus eines Abschleppwagens. Zwischen dem Fahrer und ihm liegt ein kleiner, schwarz-weißer Hund, der mit seiner Schnauze Fingerhut an dessen Hand stupst, damit auffordert, ihn am Kopf zu kraulen, um sich bald darauf auf dem Rücken zu räkeln und das Streicheln auch für seinen Bauch zu reklamieren. Als Fingerhut sich anerkennend beim Fahrer bedankt, dass es ja wirklich schnell gegangen sei, streckt der ihm die Hand entgegen und stellt sich vor: »Kein Problem! Ich bin Azikiwe.«

»Isidor, Isidor Fingerhut.«

Azikiwe zeigt auf den bauchseitigen Hund und erklärt, dass dieser Isabella heiße, worauf Isabella sich plötzlich dreht, aufspringt und Fingerhut das Gesicht ableckt, was wiederum Azikiwe veranlasst, Isabella zu ermahnen.

»Isabella. Basta! Stai giù!«

»Ah, eine Italienerin!«, bemerkt Fingerhut erstaunt.

Azikiwe bestätigt, dass die kleine Hündin aus Italien stamme, aus Orbetello in der Toskana. Isabella schaut den Kommissar an, als wolle sie zustimmen.

Fingerhut erwähnt noch, dass er Orbetello kenne, mehrmals auf der Fahrt nach Porto Santo Stefano dort durchgefahren sei, wo an der gegenüberliegenden Insel Giglio vor zehn Jahren ein Kreuzfahrtschiff auf Grund gelaufen sei.

Es stellt sich heraus, dass Azikiwe die Tochter des Zellacher Abschleppunternehmers und Werkstattinhabers in der Toskana kennengelernt hatte, als er noch Pareos, Hüte und andere Sachen auf den dortigen Stränden verkaufte.

Fingerhut zieht eine Tüte Gummibärchen aus seiner Jacketttasche, öffnet sie und hält sie Azikiwe hin.

»Nein danke! In den Gummibärchen ist Gelatine aus Schweineschwarten drin. Ich esse kein Schwein.«

Im Hof der Autowerkstatt angekommen, senkt Azikiwe die Ladefläche des Abschleppwagens ab und lässt Fingerhuts Wagen an Seilen gesichert über Teleskopschienen auf den Hof rollen. Fingerhut nimmt sein Gepäck aus dem Kofferraum. Ein älterer Mann und eine junge Frau in Overalls kommen aus der Werkstatthalle. Sie gestikulieren, dass ihre Hände schmutzig seien, und strecken Fingerhut ihre Ellenbogen hin, die auch schmutzig sind.

»Wir müssen Ihren Wagen heute Nacht auf dem Hof stehen lassen. In der Werkstatt stinkt alles nach dem ausgebrannten Unfallwagen«, erklärt der ältere Mann.

»Ausgebrannter Unfallwagen? Der Alfa von Doktor Zelter steht bei Ihnen?«

»Ja! Aber woher wissen Sie ... ich meine den Namen?«, fragt Azikiwe überrascht.

»Ich leite die Ermittlungen.«

Es folgt ein Moment des Schweigens.

»Ermittlungen?«, fragt die junge Frau im Overall. Ohne darauf einzugehen, bittet Fingerhut, das Unglücksfahrzeug sehen zu dürfen.

»Natürlich!«, antwortet der ältere Mann und geht einen Schritt zur Seite.

Der Alfa Romeo Spider ist zu einer Karkasse verkommen, vom Verdeck ist allein das Gestänge erhalten, der rote Lack in tellergroßen Schuppen weggeplatzt, in den Sitzen stecken verrußte Metallfedern. Der Geruch von verbranntem Gummi und Kunststoff wabert in der Luft.

»Ich veranlasse das! Spätestens übermorgen wird das Kriminaltechnische Institut das Wrack abholen«, sagt Fingerhut und fragt nach einer Busverbindung nach Schnait. Azikiwe, der den Kommissar noch überrascht mustert, bietet an, ihn zu fahren. Fingerhut lehnt mit der Begründung ab, dass er Land und Leute kennenlernen will und gerne öffentliche Verkehrsmittel nutzt.

»Na dann!«, sagt Azikiwe und zeigt auf eine Bushaltestelle gleich gegenüber dem Werkstatttor. »Seit dem Hype mit dem Michelangelo-Kruzifix fahren die Busse hier viertelstündlich.«

# V

Azikiwe sollte Recht behalten Der Überlandbus kommt nach wenigen Minuten. Tickets gibt es beim Fahrer, der zu Fingerhuts Erstaunen auf ein Online-Terminal zeigt und meint, dass Fingerhut auch mit Kreditkarte zahlen könne, dass das einfacher sei.

Wie in aller Welt hatte der eine Verbindung, wo er mit seinem Smartphone doch gerade noch im Funkloch gesessen hat? »Only God knows«, denkt Fingerhut und setzt sich neben einen Zeitungsleser, was sich als äußerst unbequem erweisen soll, weil der Mann sich bei jedem Umblättern umständlich zu ihm herüberbeugt. Der Kommissar wechselt daraufhin den Platz und setzt sich neben einen Typ in Arbeitskleidung mit Bierdose, der erst rülpst, bald aufsteht und aussteigt, worauf Fingerhut sich auf den Fensterplatz setzt und endlich die Landschaft genießen kann. Der Bus erreicht schließlich einen belebten Parkplatz, wo asiatische Reisegruppen aus Touristenbussen strömen, zahlreiche Taxen und Shuttle-Limousinen halten, Privatwagen parken und Fahnen schlaff von hohen Masten hängen.

Als Fingerhut aussteigt, scheint ihm die Sonne so stark ins Gesicht, dass er seine Augen mit der Hand abschirmen muss. Er fingert mit der anderen, der rechten Hand, in seiner Brusttasche, zieht eine Sonnenbrille heraus, senkt den Kopf und setzt sie auf. Erst jetzt kann er das reizvolle Panorama des historischen Städtchens, denn das ist Schnait ohne Zweifel, bewundern. Erhöht steht da das mächtige Schloss, um welches sich die Häuser der Altstadt wie Küken um die Henne scharen. Etwas entfernt glitzert silbern das Wasser im See. Vom Turm der Sankt-Nicolai-Kirche ertönen zwei Glockenschläge.

Fingerhut überquert den Parkplatz und läuft mit den Menschenströmen Richtung Altstadt und weiter auf den sehr schmalen Bürgersteigen hinein in die verkehrsberuhigte Zone. Unter den vielen Fußgängern, die ihm in den Gassen entgegenkommen, fast ausnahmslos mit beseelten Gesichtern, einige eilig, geschäftig, andere verträumt bummelnd, fällt ihm eine junge Frau auf, die sehr einfach mit taubenblauem Kittel und grauer Schürze gekleidet ist, beinahe wie eine Dienstbotin aus dem neunzehnten Jahrhundert. Sie hält einen vielleicht zwölfjährigen Jungen an der Hand. Sie bleibt vor Fingerhut stehen, lächelt ihn an, während der Junge den Kopf gesenkt hält, ihn bald nach oben dreht und Fingerhut mit leeren Augen anblickt, ihn aber nicht wahrzunehmen scheint. Im nächsten Moment weicht die junge Frau Fingerhut aus, zieht das Kind hinter sich her und läuft weiter. Fingerhut ist schon ein gutes Stück entfernt, als ihm eine innere Stimme zuflüstert, sich noch einmal umzudrehen. Im selben Augenblick dreht sich auch die junge Frau zurück und blickt zwischen all den Menschen zu Fingerhut herüber.

Der Kommissar erreicht den Gasthof »Zum Goldenen Einhorn«. Am Eingang hängt ein Schild aus Emaille, worauf die Öffnungszeit für das Abendessen angegeben ist: »ab 18:30 Uhr«. Darunter steht der Hinweis für Hotelgäste, den linken Eingang zu benutzen und die Angabe »10 Meter«.

Auf Fingerhuts Läuten einer Türglocke öffnet ihm ein grün beschürzter, etwa sechzig Jahre alter Mann, der Hausdiener, wie er annimmt. Er trägt Fingerhuts Trolley über eine steile Stiege in den ersten Stock und weiter einen Flur entlang und über eine Spindeltreppe mit schmiedeeisernem Handlauf Stufe um Stufe hinauf bis zu einem Absatz vor einer Zimmertür mit der Aufschrift »Turmzimmer«, die der grün beschürzte Mann wortkarg, allein von einem einfachen »Bitte!« begleitet, aufstößt. Fingerhut blickt auf historische Möbel und weiter durch das Fenster auf das Schloss und hinunter in den blühenden Garten des Gasthofs, wo Sonnenschirme stehen und Stimmen unsichtbarer Menschen zu ihm heraufdringen.

Fingerhut gibt ein Trinkgeld. Der Mann lächelt nicht, zwinkert matt aus wässrig grauen Augen. Fingerhut stellt sich vor, dass er in seinem Leben, vielleicht seit früher Jugend, immer zu Diensten gewesen ist, und seine Lehrmeister ihm antrainiert haben, immer dankbar zu sein und diese Dankbarkeit stets deutlich zu zeigen. Und der Mann war in der Tat zeitlebens dankbar gewesen, vielleicht seit seinem vierzehnten Lebensjahr unendlich dankbar gegenüber tausenden und abertausenden von Gästen, nein, nicht in Schnait am See, vielleicht in großen Hotels in der Welt. Und jetzt, nach weit mehr als 40 Beitragsjahren kann er von seiner Rente nicht leben und muss sich als Hausdiener in einem alten Gasthof ein paar Euro dazuverdienen. Jedoch, nur als Hausdiener, nicht als Kellner, weil man ihn im Restaurant nicht mehr will, zu alt, zu gebückt, grau und langsam. Da hat sich die Dankbarkeit etwas gelegt, die mit dem Mann in die Jahre gekommen ist, sie ist müde geworden, unmerklich.

# VI

Don Prospero steht in der Sakristei von Sankt Nicolai. Er nimmt sein Birett vom Kopf, legt es neben die liturgischen Gewänder, die auf einer zentralen Kredenz fein säuberlich aufgestapelt sind, und hält inne. Er stützt sich mit beiden Händen gegen das mächtige Möbel, als wolle er es aus dem Mittelpunkt des Raumes schieben. Don Prospero verharrt in dieser Position einige Sekunden, stößt sich ab und zurück ins Lot, geht in eine Ecke der Sakristei und wäscht sich die Hände über einem kleinen Wasserbecken, dessen Abfluss direkt ins Erdreich führt.

»Gib Tugend, o Herr, meinen Händen, dass jeder Makel abgewaschen werde, damit ich Dir ohne Befleckung des Leibes und der Seele zu dienen vermag«, meditiert er laut, bald singend.

Don Prospero geht zurück an die Kredenz, nimmt das Amikt, ein rechteckiges Tuch aus weißem Leinen, von dem zwei lange Bänder hängen, küsst es, legt es kurz auf seinen Kopf.

»Setze, o Herr, auf mein Haupt den Helm des Heiles, um alle teuflischen Anfechtungen zu bezwingen.«

Don Prospero legt das Amikt auf seine Schultern, steckt den Saum unter den weißen Kragen seiner Soutane und befestigt es mit den Bändern, die er um seinen Oberkörper schnürt und mit einer Schleife vor seiner Brust verschließt. Er streift die knöchellange Albe über, die an ihren Ärmeln und an ihrem Saum mit feiner Spitze versehen ist. In der Spitze des Saums sind Strahlenkränze zwischen Kreuzen, Herzen und drei Kreuznägeln sowie die Kurzform des Namens Jesu »IHS« eingearbeitet.

»Läutere mich, o Herr, und reinige mein Herz, damit ich, im Blut des Lammes weiß gewaschen, die ewigen Freuden genieße.«

Don Prospero unterbricht sein Tun. Trotz der schweren Eichentür, die die Sakristei von dem angrenzenden Vorraum trennt, kann er das fröhlich aufgeregte Rufen der Ministranten und die ermahnenden Worte des Küsters hören. Lautstark befiehlt er den Küster zu sich in die Sakristei, der prompt seinen Kopf durch die Tür steckt.

»Onofrio, schicken Sie mir Rickey. Er soll mir beim Ankleiden helfen.«

Der Küster erklärt Don Prospero mit entschuldigender, beinahe demütiger Stimme, dass die Jungs noch nicht soweit seien, gerade vom Baden kämen und sich noch umziehen müssten. »Sie waren im Strandbad am See. Mit Ihrer Frau Schwester. Dort, wo die Gemeinde den ganzen Sand hat aufschütten lassen.«

Als der Küster anbietet, dass er an Rickeys Stelle Don Prospero helfen könne, lehnt dieser mit einem verdrossenen Kopfschütteln ab.

»Ja, ja. Schon gut«, erwidert Don Prospero, um sogleich laut nach Rickey zu rufen, »Rickey! Rickey, beeil dich! Hörst du mich?«

Nach wenigen Momenten, währenddessen Don Prospero an der Kredenz abgestützt mehrfach ungeduldig mit dem rechten Fuß aufgetreten hat, wird die schmiedeeiserne Klinke der Tür zum Vorraum zögerlich heruntergedrückt. Der zwölfjährige Rickey tritt mit gesenktem Kopf in die Sakristei ein.

»Komm hilf mir!«, befiehlt Don Prospero, »Rickey! Nun komm schon«, insistiert er eigensinnig, den Jungen zur Eile antreibend.

Der Küster schiebt Rickey, der einen hellblauen Talar und darüber ein weißes Chorhemd trägt, an den Schultern Richtung Kredenz, wo Don Prospero ein weiteres Mal mit dem rechten Fuß heftig auftritt.

»Rickey. Geh! Du hast Don Prospero gehört.«

»Schau an. Schau an. Fesch! Fesch siehst du aus in deinem neuen Talar«, lobt Don Prospero bald versöhnlich, als ob eine unsichtbare Hürde genommen sei, wobei er dem Jungen über das Haar streicht. »Meine Güte, du bist ja noch voller Sand.«

Rickey stellt sich hinter Don Prospero. Der Küster legt die offenen Enden eines langen, aus Hanf gewirkten Stricks, des Zingulums, an denen jeweils eine Troddel hängt, in Rickeys rechte Hand, die Schlaufe in Rickeys linke. Don Prospero tritt ein letztes Mal ungeduldig mit dem rechten Fuß auf, worauf der Küster die Sakristei verlässt und zurück in den Vorraum zu den Ministranten eilt. Erst jetzt greift Don Prospero hinter sich und fasst die Arme des Jungen an den Ellenbogen, fingert an Rickeys Unterarmen entlang, empfängt beide Enden des Zingulums aus dessen Händen.

»Umgürte mich, o Herr, mit dem Gürtel der Reinheit und lösche aus meinen Lenden den Trieb der Begierlichkeit, damit in mir bleibe die Tugend der Enthaltsamkeit und Keuschheit«, spricht Don Prospero sein Ankleidegebet. Er macht flinke, in Jahren eingeübte Handbewegungen, die keinerlei Kontrolle bedürfen. Mit einem Ruck zurrt er das Zingulum fest, dreht sich um, streichelt Rickeys Wange, gibt ihm ein Zeichen, worauf der Junge die Stola von der Kredenz nimmt und sie Don Prospero reicht.

»Gib mir, o Herr, das Kleid der Unsterblichkeit zurück, das ich durch den Fall des Stammvaters verloren habe, und obwohl ich unwürdig Deinem Geheimnis mich nahe, möge ich doch die ewige Freude verdienen.«

Don Prospero bückt sich, wobei er ganz nah an Rickeys Gesicht kommt, küsst die Stola, legt sie sich endlich über die Schultern und fragt den Jungen, ob dieser sich dessen Symbolik bewusst sei.

»Das Joch Christi!, mein lieber Rickey«, erklärt er feierlich und, dass der Geweihte, also Don Prospero selbst, dieses Joch auf sich nehme, »Matthäus 11,29: ›Nehmt auf euch mein Joch und lernt von mir, denn ich bin sanftmütig und von Herzen demütig; so werdet ihr Ruhe finden für eure Seelen!‹«

Don Prospero zeigt auf die Kasel, die, wie alle Paramente Don Prosperos, maßgeschneidert sind. Das Messgewand ist federleicht aus einer besonderen Seide von strahlend weißer Farbe gefertigt. Der abgesetzte Mittelstab, die Borte, auf Vorder- und Rückenteil ist in hellblauem Samt gearbeitet und mit Mariensymbolen in Silber bestickt. In einem Geflecht von Madonnenlilien steht zentral unter einer Krone ein Monogramm, das aus den verschlungenen Buchstaben »A« und »M« und einem Einhorn besteht.

»Nun, mein Sohn, was bedeuten diese Buchstaben?«

»Auspice Maria«, antwortet Rickey zögerlich, sehr leise, bald ängstlich.

»Wunderbar! Denn unter ihrem Schutz stehen wir, unter dem Schutz Mariä. Du hast aufgepasst!«, ruft Don Prospero aus und prophezeit dem Jungen, dass dieser es noch weit bringen würde, dass er ihm helfen wolle. »Ich werde immer an deiner Seite sein«, sagt er nachdenklich.

Rickey nimmt die Kasel von der Kredenz, rafft sie vorsichtig bis zum Kragenausschnitt, steigt zaghaft auf eine zweistufige Klappleiter, stülpt die Kasel über den Kopf des Priesters, worauf diese mit einem feinen, fast singenden, bald knallenden Ton am Körper Don Prosperos herabfällt.

»O Herr, der Du gesagt hast ›Mein Joch ist süß und meine Bürde leicht‹, gewähre mir, dass ich es zu tragen vermag, dass ich Deine Gnade erlange. Amen.«

Don Prospero hält inne, legt seine mächtige Hand auf Rickeys Wange, bückt sich, zögert und küsst ihn schließlich auf die Stirn.

»Onofrio! Wo bleiben Sie?«, donnert Don Prospero fröhlich durch die Sakristei. »Sind die Jungs endlich soweit?«

Die Tür vom Nebenzimmer zur Sakristei öffnet sich und der Küster erscheint mit den Ministranten.

# VII

Ignaz Habermehl, der Stadtchronist von Schnait, steht im Zentrum der doppelstöckigen Schlossbibliothek inmitten von Kisten und Archivkartons. Eierschalenfarbene Holzregale sind mit raffiniertem Schnitzwerk dekoriert, mit Blumengirlanden und Rocaillen, mit Akanthusblattwerk. In den Zwickeln zwischen einem Regal und dem daran angrenzenden sitzen Büsten berühmter Philosophen. Die Fenster der Bibliothek blicken auf Baumkronen und Dächer. Habermehl tippt auf der Tastatur eines Laptops, das auf einer der Kisten abgestellt ist. Aufgeschreckt von einem Klopfen, schaut er ruckartig zur Tür.

»Ja? Ja, bitte!«, ruft er unkonzentriert.

Die Klinke wird heruntergedrückt, eine sehr schöne Klinke, aus feuervergoldeter Bronze, fein ziseliert. Die Tür aber öffnet sich nicht.

»Ja? Ja, bitte!«, wiederholt Habermehl, geht zögerlich, bald schnellen Schrittes zur Tür und dreht den sehr großen, schmiedeeisernen Schlüssel im Schloss. »Fingerhut, Isidor Fingerhut!«, ruft er erleichtert aus. »Ich hatte dich erst morgen erwartet, am Sonntag.«

Die beiden Männer begrüßen sich wie alte Freunde nach langer Abwesenheit, wobei der schmächtige Habermehl einen Moment lang zwischen Fingerhuts mächtigen Armen verschwindet. Es folgt eine Reihe von »Gott, wie lange ist es her, dass wir uns gesehen haben« und »Du hast dich kaum verändert, wirklich!« und »Die Pfunde wachsen an mir hoch ...« und »... und die Haare fallen vom Kopf«. Habermehl streckt den Arm in die Höhe, legt seine linke Hand hinter Fingerhuts Schulter, um ihn ins Zentrum der Bibliothek zu führen.

»Lieber Isidor!«, ruft Habermehl mit einem strahlenden, gleichsam erwartungsvollen Lächeln und fragt ihn nach dessen Anreise, worauf Fingerhut von seinem liegen gebliebenen Mercedes berichtet.

»Dabei ist es bei mir ja absolut glimpflich ausgegangen»«, bemerkt er abschließend.

»Glimpflich?«

»Natürlich! In der Werkstatt steht das ausgebrannte Cabrio ...«, erklärt Fingerhut, »... von Doktor Zelter.«

»Ja, das ist schlimm, ganz furchtbar ...«, Habermehl räuspert sich, nickt wiederholt, wie ein Wackeldackel, »... Zelter war noch am Anfang seiner Laufbahn, ein hochbegabter Historiker, arbeitete am Zeitgeschichtlichen Institut an der Ludwig-Maximilians-Universität in München, ein hochbegabter junger Mann.«

»Ich ermittle in dem Fall.«

»Du ermittelst? Das ist also der Grund deines Kommens? Davon hast du am Telefon gar nichts gesagt.«

»Ich sag es dir ja jetzt«, antwortet Fingerhut knapp.

»Es war doch ein Unfall! Ein tragischer Unfall!«, insistiert Habermehl und fasst zusammen, wonach er nicht gefragt wird, dass Mateusz Zelter hoch zum Schafskopf unterwegs in einer Kurve von der Straße abgekommen, den steilen Hang heruntergedonnert und gegen einen Baum geknallt war.

»Das Auto hat Feuer gefangen und ein Bauer hat Zelter da rausgezogen, aber ... «, Habermehl pausiert, »es war wohl zu spät.«

»Viel zu spät, Ignaz, viel zu spät«, bemerkt Fingerhut und informiert Habermehl, dass Zelter bereits tot war, als der Unfall passierte. »Er ist verdurstet!«

»Damit habe ich nichts zu tun!«, bricht es spontan und heftig aus Habermehl heraus.

Fingerhut stutzt, will ihn rückversichern, dass niemand eine solche Vermutung angestellt habe und wird von Habermehl erst mit einem aufgeregten »Nun ja!« davon zurückgehalten und sofort darauf mit einer ausschweifenden Bewegung von dessen rechtem Arm Richtung Decke abgelenkt.

»Schau nur!«, ruft Habermehl freudig erregt, dabei zusammenhanglos. »Schau dir diese Pracht an!«

Die Männer biegen ihre Köpfe in die Nacken und blicken auf das Deckenfresko in zwölf Metern Höhe.

»Ist es nicht herrlich!« Habermehl wiegt seinen Oberkörper hin und her. »Von Giambattista Tiepolo persönlich«, ruft er ekstatisch aus. »Wunderbar! Die Vier Jahreszeiten und im Zentrum die Apotheose, die Vergöttlichung des Fürstbischofs, Clemens von Schnaitsfeld auf dem Triumphwagen«, fügt er erklärend hinzu und unterstreicht damit seine Kenntnisse als Chronist.

»Wunderschön!«, bestätigt Fingerhut und kippt seinen Kopf zurück ins Lot. »Doktor Zelter war wegen dieses Freskos hierher nach Schnait gekommen?«

»Nein, nicht wegen des Tiepolo. Er recherchierte zum Leben von Franz Itzlinger, dem 1996 verstorbenen Helden von Santa Caterina«, erwidert Habermehl.

»Helden?«

Habermehl erklärt, dass Franz Itzlinger im Zweiten Weltkrieg als Kriegspfarrer in Italien gedient und im Apennin, in Norditalien in dem Dorf Castelnuovo di Montalto das Kloster Santa Caterina vor der Zerstörung durch deutsche Soldaten bewahrt hatte.

»Das war im April '45«, vervollständigt Habermehl. »Die Äbtissin von Santa Caterina schenkte Itzlinger zum Dank für die Rettung das Kruzifix.«

»Das sich jetzt als ein Frühwerk von Michelangelo herausgestellt hat?«, fragt Fingerhut erstaunt.

»Genau so ist es! Des großen Michelangelo, dem Bildhauer-Genie der italienischen Hochrenaissance!«, bestätigt Habermehl und, dass die Zuschreibung ein Verdienst des Nachfolgers von Itzlinger sei.

»Wann ist Doktor Zelter denn hier in Schnait eingetroffen?«, fragt Fingerhut.

»Am 22. August. Er ist am frühen Nachmittag in die Bibliothek gekommen, so wie du jetzt«, antwortet Habermehl. »Ein netter Bursche. Hochgebildet!«

Habermehl erzählt, dass er Zelter einen alten Film vorgeführt habe und sie anschließend runter ins Städtchen gelaufen seien, um die Messe zum Fest Maria Königin in Sankt Nicolai zu besuchen.

»Was war das für ein Film?«, fragt Fingerhut.

Habermehl greift in einen Karton und zieht eine Filmkassette heraus.

»Ein Kurzfilm. Ein paar Minuten einer Messe mit Pfarrer Itzlinger«, ruft er, »In Super 8! Das war Ende der 60er-Jahre ein Riesenfortschritt wegen des größeren Bildformats.«

Fingerhut erinnert ihn, dass Zelluloid ein fragiles Material sei und er seinen Film digitalisieren lassen solle.

»Ich weiß, ich weiß ... «, bestätigt Habermehl. »Das gebe ich als Nächstes in Auftrag. Das sind Peanuts!«, sagt er lachend und, mit dem Zeigefinger in Habachtstellung, klärt er Fingerhut darüber auf, dass sich allein die Kosten für die Restaurierung des Deckenfreskos auf mehrere Hunderttausend Euro belaufen hätten. Habermehl atmet tief ein, zeichnet mit dem rechten Zeigefinger eine Fünf, ein Komma und eine Acht in die Luft.

»… auf fünf Komma acht Millionen belaufen sich die Gesamtkosten für die Arbeiten am Schloss«, flüstert er ausatmend. »Und das Schönste ist, dass wir uns das leisten können!«, triumphiert er, wobei er die Worte in die Länge zieht und in eine Art fröhlichen Singsang verfällt.

Habermehl schlängelt sich zwischen den Kartons durch, fordert Fingerhut mit einem beinahe übermütigen »Komm! Komm schon …« auf, ihm zu folgen.

Der Chronist ist ein knapp unter 1,80 Meter großer Mann, der zwar behänd, geradezu flink auf seinen dünnen Beinen laufen kann, doch gegen Fingerhuts 1 Meter 93 seinen Vorsprung schnell einbüßt. So holt ihn Fingerhut nach wenigen, schnellen Schritten auf dem Gang vor der Bibliothek ein.

»… hier, der ehemalige Kavalierssaal …«

Sie betreten einen Saal mit langem Sitzungstisch und vielen Stühlen. Ignaz Habermehl legt den Lichtschalter um, worauf Leuchtstoffröhren, die in 60er-Jahre-Designerstehlampen stecken, sich klackernd, summend einschalten. Der Stadtchronist geht ans Kopfende des Saals und zieht eine Rolloleinwand aus seinem Köcher. Geht an hohen Fenstern schnell vorbei, wobei er jedes Mal geschickt die Vorhänge zuzieht, bis zum gegenüberliegenden Ende des Saals, wo auf einem Podest ein Beamer und daneben ein Super-8-Projektor stehen. Er öffnet die Kassette in seiner Hand, holt einen Film heraus und steckt ihn auf den Spulendorn. »Es ist eine 127 mm-Spule, 13 Minuten Wiedergabe. Ich habe diese Aufnahmen in meinem Abitursjahr gemacht, bevor ich zum Bund eingezogen wurde«, erzählt Habermehl beiläufig und, dass damals, im Jahr 1970, die Wehrpflicht noch 18 Monate betrug. Er fragt Fingerhut, ob der gedient habe.

Fingerhut nickt.

»Gut! Sehr gut!«, kommentiert er noch und wippt mit dem Kopf wie einer dieser Wackeldackel, die nur noch wenige Leute auf die Hutablage ihrer Autos stellen, gleich neben den gehäkelten Zylinder, unter denen sich Toilettenrollen verstecken.

Fingerhut schaltet das Licht aus und Habermehl den Filmprojektor ein, worauf das Geräusch der sich drehenden Spule und das Windgeräusch der Lüftung zu hören sind.

»Pfarrer Itzlinger war auf diesen Aufnahmen 61 Jahre alt«, kommentiert Habermehl einleitend die ersten Schwarz-Weiß-Bilder auf der Leinwand.

Plötzlich geht die Tür auf. Eine Frau, sicherlich Ende 50, vielleicht Anfang 60, schiebt einen Gitterwagen, dessen Räder einen singend, quietschenden Ton produzieren, mit Putzmitteln, Besen an langen

Stielen, Staubwedel an Teleskopstangen, Bürsten und Lappen in den Sitzungssaal.

»Gusti, bitte nicht. Nicht jetzt!«, ruft Habermehl mit leicht gequälter Stimme und fordert die Frau auf, später durchzuwischen oder auch gar nicht. „Es ist doch Samstag.«

»Na und! Für dich ist doch auch Samstag. Und du bist hier und nicht zuhause. Also?«, erwidert die Frau heftig, als spreche sie mit ihrem Ehemann, um gleich darauf, übergangslos auf die durch das einfallende Licht überbelichteten Szenen auf der Leinwand zu zeigen: »Das bin doch ich! Da, neben Pfarrer Itzlinger, das bin ich mit elf, zwölf Jahren.«

Habermehl macht ein mürrisches Gesicht und gibt der Frau ein Zeichen, die Tür zu schließen.

»Ja! Gusti war die erste Messdienerin in dieser Gegend, vielleicht in ganz Bayern«, erklärt er. Fingerhut will die Frau begrüßen, doch sie schaut weiter gebannt auf die Leinwand und spricht vor sich hin, dass Pfarrer Itzlinger sich nie um die Verbote aus Rom gekümmert habe.

»Ich erinnere mich gut an die Messe, es war der 8. September 1970, Mariä Geburt, ... wie heute. Da, sieh doch, in der ersten Bankreihe.«

» Das ist Onofrio«, bestätigt Habermehl und Fingerhut erkennt in dem Buben auf der Leinwand unschwer den Hausdiener aus dem Gasthof.

»Gott, wie habt ihr euch verändert!«, fügt Habermehl hinzu, worauf die Frau einwirft, dass sie schließlich Kinder gewesen und auch an ihm die Jahre nicht spurlos vorbeigegangen seien.

»Hätte ich nur gewusst, was mir bevorsteht, ich hätte ... «, sagt Gusti plötzlich, und in ihrer Stimme hat ein Seufzen den Platz freudiger Aufregung eingenommen.

Wohl, weil Habermehl ahnt, was Gusti erzählen will, ermahnt er sie reaktionsschnell, es gut sein zu lassen: »Gusti, bitte. Unseren Gast werden deine verschlungenen Lebenswege wohl kaum interessieren. Wir alle hatten unser Päckchen zu tragen. Meinst du nicht?«

Habermehl schließt mit einem »Oder?«, das er in Fingerhuts Richtung spricht, worauf Fingerhut mit einem Ich-glaube-schon-Gesichtsausdruck die Schultern hochzieht.

»Lass mich doch!«, wehrt Gusti ab, um gleich darauf, beinahe erschrocken, auf die Leinwand zu deuten, »Und da ... der alte Pöcksteiner ... der Hubertus!«

Fingerhut sieht einen Mann um die sechzig, der, elegant gekleidet, aufsteht, vor den Altar tritt, sich zur Gemeinde umwendet und zu singen beginnt. Trotz der beschädigten Tonspur und der schlechten Tonqualität lässt sich eine schöne Baritonstimme erahnen. Er singt Franz Schuberts »Ave Maria«:

»Ave Maria gratia plena
Maria gratia plena
Maria gratia plena
Ave
Ave dominus
Dominus tecum
Benedicta tu in mulieribus
et benedictus
Et Benedictus fructus ventris
Ventris tui, Jesus.«

Fingerhut bemerkt, dass Ignaz Habermehl gebannt auf die Leinwand starrt. Als plötzlich die schwarzen Striche und Zahlen auftauchen, die das Ende des Films signalisieren und die abgelaufene Spule ein Geräusch wie von einem Ventilator macht, in dem sich ein Stück Papier verfangen hat, schreckt der Chronist hoch, wie aus einem Traum, einem Albtraum. Habermehl schaltet den Projektor schnell aus. Gusti zieht die Vorhänge auf. Fingerhut hält die Hand vor die Augen und Gusti, ohne Fingerhut weiter zu beachten, beginnt, den Boden zu kehren.

# VIII

Habermehl und Fingerhut spazieren vom Schloss durch die Altstadt Richtung Kirchplatz.

»Nach Pfarrer Itzlingers Tod kam hier jahrelang fast niemand vorbei. Ein- vielleicht zwei Mal pro Woche und an den Hochfesten, natürlich, da schickte der Bischof junge Diakone, Leute mit wenig Erfahrung«, sagt Habermehl mit dem Ton der Endgültigkeit, die jede Nachfrage vorbeugend abwehrt. »Don Prospero ist vor zwei Jahre nach Schnait versetzt worden. Rrechtzeitig vor Ostern!«, erklärt er und spricht ausführlich über Don Prosperos Werdegang, dessen Theologiestudium in Rom, worauf Fingerhut augenzwinkernd den Grund für Don Prosperos Vorliebe für die eher ausgefallene, wenn überhaupt irgendwo anders in Deutschland vorkommende Anrede »Don« statt des geläufigen »Hochwürden« oder »Herr Pfarrer« anmerkt. Ignaz Habermehl nickt beiläufig, verzieht das Gesicht, als ob Fingerhut ihn, gemessen an der Größe des gesamten Vorgangs, mit einer Nebensächlichkeit aus dem Erzählrhythmus seiner Berichterstattung gebracht hätte.

Habermehl grüßt Passanten, indem er die Hand hebt oder winkt oder einen Gruß durch Kopfnicken erwidert. Mit einem resoluten »Also!«, das keine weitere Ablenkung erlaubt und dies durch die heftige Betonung vorausschickt, setzt er wieder an: »Don Prospero hatte neben seinem Theologiestudium auch ein paar Semester Kunstgeschichte belegt. Er stammt ja aus einem bildungsbürgerlichen Elternhaus.«

Fingerhut wirft ein »Selbstverständlich!« ein, was ungehört bleibt und keine Reaktion hervorruft.

»In Rom hatte er Kontakt zur Bibliotheca Hertziana, später auch zum Kunsthistorischen Institut. Dort hat er Professorin von Esau kennengelernt«, erzählt Habermehl und ergänzt, dass Viktoria von Esau eine zentrale Bedeutung bei der Wiederentdeckung des Schnaiter Michelangelo-Kruzifixes zukommen sollte, dass Professorin von Esau zu Don Prosperos Studienjahren in Rom bereits im Ruhestand war, aber Gastvorträge in ganz Europa, vielleicht weltweit hielt.

»Auch hatte er die Basilica di Santo Spirito in Florenz besucht, um sich ein Kruzifix Michelangelos anzusehen, das erst in den 1960er-Jahren als eines von zweien erkannt worden war, die der Künstler in seinen Jugendjahren geschaffen hatte.«

Etwas sentimental reflektiert Habermehl darüber, dass Don Prospero seitdem von der Sehnsucht erfüllt gewesen war, das zweite, noch verschollene Kruzifix wiederzuentdecken. »Dieser Wunsch war natürlich vollkommen abwegig, weil Don Prospero nach seinem Theologiestudium für ein Priesteramt in Deutschland vorgesehen war und kaum hoffen konnte, in einer Provinzkirche in Franken auf ein Werk des Italieners zu treffen.«

Sie spazieren weiter an exklusiven Geschäften berühmter Marken vorbei; Mode, Schmuck, teure Uhren werden in den Schaufenstern und Auslagen angeboten. Schnait scheint es geschafft zu haben.

»Was habe ich dir gesagt! Die ganze Welt kommt hierher«, sagt Habermehl, während er sich zu einem Passanten umdreht, der ihn am Arm berührt hatte, um gleich darauf seinen Bericht mit der Information zu beenden, dass »unser Kruzifix« nicht nur in den Abmessungen von bald 1,40 x 1,35 Metern mit dem Florentiner Kruzifix Michelangelos vergleichbar ist, sondern dass es auch aus demselben Lindenholzblock geschaffen wurde.

»Dies haben Untersuchungen in den Labors der Staatlichen Museen in München ergeben. Aus demselben Lindenholzblock!«

Sie gehen durch ein Stadttor und erreichen den Platz vor Sankt Nicolai.

# IX

Auf der mit Kies bestreuten Terrasse vor Sankt Nicolai stehen bereits viele Menschen. Fingerhut setzt sich auf die Umfassungsmauer unter einen Kastanienbaum vis-à-vis des angrenzenden Pfarrhauses und betrachtet die dreiachsige Kirchenfassade, die aus sehr hellem, für die Region seltenen, fast weißem Granit besteht und von großer Schlichtheit ist. Fingerhut beobachtet die Wartenden und die Ankommenden und erkennt darunter Azikiwe, den Fahrer des Abschleppwagens, in Begleitung einer Frau und eines kleinen Mädchens. Fingerhut winkt und geht auf ihn zu.

»Isidor! Meine Frau Anna. Meine Tochter Lea.«

Fingerhut begrüßt Anna, geht in die Hocke und hält auch Lea die Hand entgegen, worauf das Mädchen sich geniert wegdreht, an das Bein ihrer Mutter schmiegt und den kleinen Daumen in den Mund steckt. Als Fingerhut Azikiwe fragt, ob sie extra aus Zellach nach Schnait kämen, um Don Prosperos Messe zu hören, erklärt er, dass allein die Werkstatt in Zellach sei, er und seine Familie aber in Schnait wohnen und zur Gemeinde gehören.

»Unser Sohn Lorenzo ist Ministrant«, ergänzt Anna.

Azikiwe berichtet, dass sie Fingerhuts Wagen bisher nur kurz angeschaut hätten, sie ihn aber gleich am kommenden Montag früh gründlich durchchecken wollten, als ein mechanisches Schließgeräusch und das Knarren großer Holztüren zu hören ist, Anna ihrem Mann die Hand auf den Arm legt und ihn mit dem Hinweis unterbricht, dass Lina aus der Kirche trete. Fingerhut dreht sich um und sieht eine Frau Mitte fünfzig, sportlich, mit einer »physique du rôle«, die ganz ihrer Stellung und ihren Aufgaben entspricht: die unverzichtbare »Nummer Zwei« in der Gemeinde, die Vertraute, die Organisatorin, die Kümmerin. Azikiwe erklärt eilig, dass es sich um Lina Dorn handele, die Schwester des hochverehrten Don Prospero. Gleich hinter ihr erscheint der Hoteldiener aus dem »Goldenen Einhorn«, wo Fingerhut Stunden zuvor eingecheckt hat. Er bugsiert ein Messingschild mit Ständer. Darauf ist das Wort »Besucher« in einer Vielzahl von Sprachen aufgelistet. Ein Pfeil bedeutet allen, sich links einzureihen; ein zweiter zeigt nach rechts und darunter ist das Wort »Gemeinde« eingraviert.

»Der Mann aus dem Gasthof ... «, bemerkt Fingerhut etwas verwundert.

»Onofrio. Ja! Unser Küster, unser Totengräber«, sagt Anna, und Azikiwe überspitzt, dass er das Allround-Talent von Schnait am See sei.

Lina Dorn geht gemeinsam mit Ignaz Habermehl, der sich kurz zuvor noch mit einem etwas abseits stehenden Ehepaar unterhalten hat, dessen Garderobe und Accessoires durch unprätentiöse Eleganz ins Auge fallen, auf Fingerhut und Azikiwes Familie zu. Lina bückt sich zu Lea herunter und beachtet Fingerhut zunächst nicht.

»Du solltest Lorenzo in seinem neuen Talar sehen. Er sieht super aus«, sagt sie herzlich zu Lea. »Don Prospero hat anlässlich Mariä Geburt allen Ministranten neue Talare gekauft. Hellblaue! Ganz herrlich unter den weißen Chorhemden. Blau ist die Farbe der Reinheit, die Reinheit der Mutter Gottes und die Farbe des Himmels, der Freiheit!«

Nach »Freiheit« stockt Lina Dorn sekundenlang, richtet sich wieder auf.

»Vielleicht auch der Sehnsucht!«, fügt sie hinzu, schaut auf ihre Armbanduhr und Fingerhut freundlich an. Habermehl stellt Fingerhut vor.

»Lasst uns anfangen!«, sagt sie auffordernd.

Mit leichtem Schritt läuft Lina zurück zum weit geöffneten Kirchenportal. Sie nimmt eine Kordel, die aus goldenen und roten Fäden geflochten ist, vom Haken und gibt damit den Zugang frei. Die Menschen, die sich entsprechend der Pfeile auf dem Messingschild aufgestellt haben, drängen bald vorwärts, als gelte es, in ein Stadion eingelassen zu werden und den besten Sitzplatz zu erstreiten oder ein Schnäppchen im Schlussverkauf zu machen. Lina bleibt in der Mitte des Portals stehen, um den Andrang zu ordnen, als wolle sie »die Wasser des Meeres teilen«. Sie wiederholt in den gängigsten Fremdsprachen: »Bitte bleiben Sie ruhig. Es stehen genügend Plätze zur Verfügung. Bitte schalten Sie Ihre Handys aus. Please stay calm. There is a seat for everyone inside Saint Nicholas. Please turn off your cellphones. Signore e Signori, si prega di mantenere la calma. C'è un posto per ognuno di Voi. Per cortesia, non spingete. I cellulari vanno spenti. Messieurs e Mesdames, s'il vous plaît ... «

Onofrio nickt Fingerhut und Habermehl, wie allen anderen Besuchern, mechanisch zu. In seinem Gesicht ist keine noch so flüchtige Regung auszumachen, die darauf schließen lässt, dass er Fingerhut wiedererkannt hat. Er scheint seine verschiedenen Professionen komplett zu trennen und in Erfüllung einer Aufgabe andere Tätigkeiten auszublenden. Eine kräftige, groß gewachsene Frau, vielleicht nordischer Provenienz, die erwartungsvoll mit gezücktem Smartphone in der Schlange gestanden hat, macht ein Selfie mit Onofrio. Ein Rotschopf ruft, dass »Germany beautiful« sei und wiederholt entzückt den Namen »Ludwig« in Verbindung mit »Bavaria« und vielen »Ohs!«.

»Oh, Newswansteen. Wonderful!«

Nach einem sonoren Rülpser entschuldigt er sich und versichert den Umstehenden: »Excuse me, excuse me. I have seen all Michelangelos! I have seen them all …«

Fingerhut macht kleine Schritte in der Touristenschlange. Azikiwe, der Lea auf dem Arm trägt, und Anna gehen zügig in der lockeren Gemeindeschlange durch den rechten Portalflügel.

# X

Sankt Nicolai ist basilikal angelegt, sie verfügt über drei Kirchenschiffe mit erhöhtem Mittelschiff. Die Kirche ist lediglich in der vordersten Querachse in den Seitenschiffen überkuppelt, ansonsten ist der hölzerne Dachstuhl frei sichtbar.

Die Gemeinde verteilt sich auf den rechten Kirchenbänken, mal in kleinen Gruppen, mal in Paaren, auch einzeln gesellen sich die Schnaiter auf Zuruf zu anderen. Fingerhut will sich zunächst neben die groß gewachsene Frau, vielleicht nordischer Provenienz, auf den zum Mittelgang gelegenen äußersten Platz in der letzten Reihe setzen, als ihm Habermehl auf die Schulter tippt und ihm ein Zeichen gibt, ihm zu folgen. »Wir sitzen gleich vorne!«, flüstert er.

Lina, die im Gang bereits einige Meter Richtung Altar vorgelaufen ist, deutet auf zwei Plätze in der ersten Bankreihe. Fingerhut und Habermehl nicken und setzten sich. Fingerhut blickt nach oben und sieht in der Apsis die plastische Darstellung des ans Kreuz genagelten Christus scheinbar schwerelos über den Köpfen der Gläubigen schweben. Das Michelangelo-

Kruzifix hängt gesichert hinter Glas und blickt aus einem suggestiven Halbdunkel auf alle herab.

Ein Flüstern geht durch die Bankreihen. Als das Knarren einer sich öffnenden Tür durch das Kirchenschiff hallt, herrscht erwartungsvolle, andächtige Stille. Fingerhut sieht den ersten Ministranten. Es ist Lorenzo, der Sohn von Azikiwe und Anna, der durch die Tür aus der Sakristei in das Querschiff von Sankt Nicolai tritt. Er trägt ein Weihrauchfass, das an einer silbernen Kette auf Kniehöhe hängt. Daraus steigt Rauch auf. Lorenzo läutet die Eröffnungsglocke an der Innenwand im Querschiff links von der Tür zur Sakristei. Eine ältere Frau intoniert auf einer elektronischen Sakralorgel »Excelsus«, das »Maria, breit den Mantel aus«, Gotteslob 534. Fingerhut sieht die Gemeinde um sich herum aufstehen, hört ihren Gesang:

»Maria, breit den Mantel aus,
mach Schirm und Schild für uns daraus;
lass uns darunter sicher stehn,
bis alle Stürm vorübergehn ... «

Während die Gemeinde und mancher, der deutschen Sprache und der sakralen Lieder kundige Besucher, singen, folgen hinter Lorenzo weitere Ministranten.

» ... Patronin voller Güte, uns allezeit behüte ... «

Ein Blondschopf trägt das »Schiffchen«, ein aus Silber gefertigtes sakrales Gefäß, eine vasa sacra, mit Standfuß und Deckel und einem Löffel.

»... Dein Mantel ist sehr weit und breit,
er deckt die ganze Christenheit, ... «

Ein dritter Ministrant hält das »Kruzifix« fest in seinen noch kleinen Händen, eine Kopie des Michelangelo-Kruzifixes.

»... er deckt die weite, weite Welt,
ist aller Zuflucht und Gezelt ... «

Hinter ihm folgt ein blasser Junge mit der »Kollekte«

»... Maria, hilf der Christenheit,
dein Hilf erzeig uns allezeit, ... «

Zwei Ministranten tragen »Leuchter«. Der eine ist der Junge, dem Fingerhut an der Hand der jungen Frau gleich nach seiner Ankunft in der Altstadt begegnet ist. Auf den Leuchtern stecken große Kerzen mit dem frommen »Auspice Maria-Monogramm« und dem Einhorn.

»... komm uns zu Hilf in allem Streit,
verjag die Feind all von uns weit.«

Hinter den »Leuchtern« folgt dicht auf Don Prospero, der die Hände gefaltet hat.

»Er ähnelt irgendwie dem Fürstbischof auf dem Deckenfresko in deiner Bibliothek«, flüstert Fingerhut Habermehl ins Ohr.

Der stutzt, schmunzelt und erwidert, dass da in der Tat eine gewisse Ähnlichkeit bestehe. »Don Prospero hätte gegen diesen Vergleich nichts einzuwenden.«

Fingerhut beobachtet den Priester, der während des Einzugs durchs Seitenschiff vorbei an den Touristenbänken Onofrio mit Kopf und Blicken Zeichen gibt. Er folgt Don Prosperos Blicken, die eine junge Frau im schulterfreien Shirt, das schwarz und transparent mit auffälligen Blumenstickereien verziert ist, die den trägerlosen Push-up kaum verhüllen können, entdeckt haben. Don Prospero kräuselt die Stirn und setzt eine fast schmerzvolle Miene auf, worauf Onofrio zu der jungen Frau eilt, sie anspricht und zum Kirchenportal begleitet. Fingerhut sieht den Priester nicken, dann bald wieder ungläubig dreinblicken, irritiert die Lippen zusammenziehen. Sein Blick hat die Menge gescannt und einen Mann in Shorts, einer Mütze in der Hand und einem Fotoapparat auf dem Bauch über einem ärmellosen Hemd entdeckt.

Die Ministranten, gefolgt von Don Prospero, erreichen den Mittelgang des Hauptschiffes. Lorenzo bewegt das Weihrauchfass vorsichtig hin und her. Die Jungen in ihren hellblauen Talaren stellen sich mit ihrem Priester links und rechts vor dem Altar auf. Sie knien kurz nieder. Don Prospero küsst diesen als Zeichen der Verehrung Christi. Lorenzo reicht ihm das Weihrauchfass, der es an dessen Ketten hochhebt, es drei Mal mit jeweils zwei Zügen über den Altar nun heftig fliegen lässt, sodass er gemeinsam mit Lorenzo hinter dem Rauch verschwindet und nur das Anschlagen der Ketten laut durch die Kirche echot. Danach reicht Don Prospero das Weihrauchfass seinem Ministranten zurück, der nun seinerseits seinen Priester inzensiert, immer drei Mal mit jeweils zwei Zügen, wobei die Ketten wieder laut aneinanderschlagen. Don Prospero bewegt allein die Lippen, spricht bald tonlos die ersten Zeilen aus Davids Psalm 141, als handle es sich um eine vertrauliche Nachricht.

»HERR, ich rufe zu dir, eile zu mir; vernimm meine Stimme, wenn ich dich anrufe«, flüstert er. »Mein Gebet möge vor dir gelten als ein Räucheropfer, das Aufheben meiner Hände als ein Abendopfer. HERR, behüte meinen Mund und bewahre meine Lippen!«, spricht Don Prospero deutlich. »Neige mein Herz nicht zum Bösen, gottlos zu leben mit den Übeltätern; ich mag nicht essen von ihren leckeren Speisen«, appelliert, fordert der Priester in einem Crescendo seiner Stimme. »Der Gerechte schlage mich freundlich und weise mich zurecht; das wird mir wohltun wie Balsam auf dem Haupte. Mein Haupt wird sich dagegen nicht wehren. Doch ich bete stets, dass jene mir nicht Schaden tun. Ihre Anführer sollen hinabgestürzt werden vom Felsen; dann wird man merken, wie richtig meine Worte gewesen sind«, donnert Don Prosperos Stimme endlich ekstatisch über die Köpfe aller Anwesenden hinweg durch das Kirchenschiff.

In diesem Moment fällt das warme, honiggelbe Licht der frühabendlichen Sonne durch das Radfenster in der dem Altar gegenüberliegenden Kirchenfassade auf des Priesters Gesicht. Er ist offensichtlich von der unbeirrbaren Gewissheit erfüllt, zeitlose, endgültige Wahrheiten zu verkünden.

»Ihre Gebeine werden zerstreut bis zur Pforte des Todes, so wie einer, der das Land pflügt und zerwühlt. Ja, auf dich, HERR, sehen meine Augen; ich traue auf dich, gib mich nicht in den Tod dahin. Bewahre mich vor der Schlinge, die sie mir gelegt haben, und vor der Falle der Übeltäter. Die Gottlosen sollen miteinander in ihr eigenes Netz fallen; mich aber lass entrinnen.«

Don Prospero hält inne.

»Mein Gebet steige zu dir auf, wie Weihrauch vor dein Angesicht.«

In der Zwischenzeit haben sich die Ministranten, der »Leuchter«, das »Kreuz« und die »Kollekte«, rechts vom Altar, also auf der Sakristeiseite, und der zweite »Leuchter«, das »Schiffchen«, der »Weihrauch«, links von ihrem Priester unweit des Gabentisches immer mit Blick auf die Gemeinde aufgestellt. Über Don Prosperos Kopf hängt das Michelangelo-Kruzifix wie das Schwert des Damokles.

Alle, Gemeinde und Touristen, stehen und machen das Kreuzzeichen, während Don Prospero spricht: »Im Namen des Vaters und des Sohnes und des Heiligen Geistes.«

»Amen«, erklingt es aus allen Kehlen im Mittelschiff.

»Der Herr sei mit euch!«

» Und mit Deinem Geiste«, antworten Gemeinde und Touristen.

»Voll Freude feiern wir das Geburtsfest der Jungfrau Maria, aus ihr ist hervorgegangen die Sonne der Gerechtigkeit, Christus, unser Gott.«

Der Ministrant, der das Kruzifix getragen hat, steht rechts von seinem Priester und hält das aufgeschlagene Messbuch in den Händen.

Don Prospero liest mit ruhiger Stimme: »Ich bekenne Gott, dem Allmächtigen, und allen Brüdern und Schwestern, dass ich Gutes unterlassen und Böses getan habe – ich habe gesündigt in Gedanken, Worten und Werken, durch meine Schuld, durch meine Schuld, durch meine große Schuld.« Er schlägt sich dabei dreifach heftig auf die Brust, so auch die Gemeinde und einige Touristen und, mit etwas Verspätung und weniger heftig, auch Hauptkommissar Fingerhut.

»Darum bitte ich die selige Jungfrau Maria, alle Engel und Heiligen und euch, Brüder und Schwestern, für mich zu beten bei Gott, unserm Herrn«, rezitiert Don Prospero stimmgewaltig und singt das »Kyrie, Eleison!« Aus den Mündern der Ministranten, von Onofrio, der Organistin erklingt ein inniges »Herr, erbarme dich unser!«, worauf die Gemeinde und einige Touristen, alle stehend, mit »Christe, Eleison! Christus, erbarme dich unser! Kyrie, Eleison! Herr, erbarme dich unser!« antworten.

Don Prospero fordert zum »Oremus« auf: »Lasst uns beten: Barmherziger Gott, öffne deinen Gläubigen die Schätze der himmlischen Gnade. Die Geburt des Erlösers aus Maria war für uns der Anfang des Heils; das Geburtsfest seiner allzeit jungfräulichen Mutter festige und mehre den Frieden auf Erden. Darum bitten wir durch Jesus Christus. Amen.«

Ein Rauschen geht durch die Bänke, als sich die Menschen setzen. Don Prospero lässt die Fingerspitzen entlang der Seiten des Lektionars, das aufgeschlagen vor ihm liegt, behutsam, ja zärtlich gleiten.

»Aus dir wird der hervorgehen, der über Israel herrschen soll. Lesung aus dem Buch Micha. So spricht der Herr: ›Du, Betlehem-Efrata, so klein unter den Gauen Judas, aus dir wird mir einer hervorgehen, der über Israel herrschen soll. ... Er wird auftreten und ihr Hirte sein in der Kraft des Herrn, im hohen Namen Jahwes, seines Gottes. Sie werden in Sicherheit leben; denn nun reicht seine Macht bis an die Grenzen der Erde. Und er wird der Friede sein. Wort des lebendigen Gottes.‹«

»Dank sei Gott«, antwortet auch Fingerhut.

»Von Herzen will ich mich freuen über den Herrn.«

»Herr, ich baue auf deine Huld«, ruft ihm die Gemeinde zu.

» ... mein Herz soll über deine Hilfe frohlocken.«

» ... Singen will ich dem Herrn«, rufen alle in Erwartung des Erlösenden, » ... weil er mir Gutes getan hat.«

# XI

Don Prospero steht vor dem Kirchenportal. Er verabschiedet die Gemeinde und auch Touristen. Die Ministranten stehen bei ihren Familien oder spielen auf dem Vorplatz. Die junge Frau mit dem taubenblauen Kittel und der grauen Schürze, der Fingerhut bei seiner Ankunft in der Altstadt begegnet ist, steht in der geöffneten Tür des angrenzenden Pfarrhauses. Der Junge, den sie an der Hand gehalten und der als Ministrant einen der Leuchter getragen hat, erscheint hinter ihr.

Fingerhut sieht Don Prospero Hände schütteln und Kinderköpfe streicheln. Nachdem Lina ihrem Bruder zugeflüstert hat, kommt der Priester auf Fingerhut zu, nimmt dessen Hand in seine Hände und wiederholt, dass Isidor Fingerhut ein Studienfreund Habermehls sein müsse und er sich so sehr freue, ihn kennenzulernen.

»Ich bin sein Student in Augsburg gewesen. Ignaz war Dozent, als ich noch meinen ursprünglichen Berufswunsch auf Lehramt für Katholische Religion verfolgte«, erwidert Fingerhut.

Don Prospero scheint diese Information nicht wirklich wahrzunehmen, die er allein mit fortgesetztem Lächeln und vielen beiläufigen »Ja, ja« begleitet.

Fingerhut spricht Don Prospero gleich darauf seine Bewunderung für die Innigkeit der Messe aus.

»Ja, die Marienverehrung ist uns allen hier ein großes Anliegen. Ein Anliegen des Herzens«, lächelt der Priester, während er Fingerhut und den Vorbeigehenden zunickt und dabei Papst Johannes XXIII zitiert: »Lasst uns Maria verehren mit dem Innersten unseres Herzens, mit der ganzen Hingabe unseres Gemütes und mit aller Sehnsucht ... «, was Fingerhut die Gelegenheit gibt unisono mit Don Prospero zu vollenden, » ... denn das ist der Wille dessen, der wollte, dass wir alles durch Maria empfangen sollten.«

»Sehr gut! Sehr, sehr gut«, lobt Don Prospero, nickt erneut und sieht den Kommissar mit forschendem Blick an.

»Ich bin in Erlangen aufgewachsen, war als Junge viele Jahre Ministrant«, erklärt Fingerhut und stellt gleich darauf sein kunsthistorisches Wissen unter Beweis und nennt Sankt Nicolai ein wahres Kleinod romanischer Baukunst, dass er Fotos gesehen habe, das Original aber diese bei Weitem übertreffe. Don Prospero schüttelt andere Hände. Er macht ein Selfie mit zwei jungen Männern in der Uniform einer schlagenden Verbindung. Die junge Frau, die zuvor wegen ihres schulterfreien Shirts der Kirche verwiesen worden war, kommt in einem hochgeschlossenen Cardigan auf sie zu. Sie macht einen Knicks. Als sie versucht, Don Prosperos Hand zu küssen, zieht er diese schnell, beinahe angewidert, zurück, erlaubt aber gleichwohl ein Selfie mit ihr.

»Entschuldigen Sie! Und unser Michelangelo?«, fragt er Fingerhut schließlich. »Das Kruzifix?«

Der Kommissar bestätigt, dass es das Genie seines Schöpfers ausstrahle.

Übergangslos, aber dem Kanon allgemeiner Gastfreundschaft entsprechend, lädt Don Prospero Fingerhut zum Mittagessen am nächsten Tag ein.

»Zu uns. Ins Pfarrhaus!«

Dann dreht er sich um und geht auf Azikiwe, Anna, Lea und Lorenzo zu. Er reicht auch ihnen die Hand und tätschelt Lea, die auf Annas Arm sitzt. Als er Lorenzo über den Kopf streicht, zuckt der Junge zurück.

Lina Dorn gibt Fingerhut noch den Rat, nicht vor viertel nach eins, besser gegen halb zwei zu kommen, weil sie immer später essen, im Pfarrhaus, und, dass Ignaz Habermehl darüber Bescheid wisse.

Fingerhut sieht Onofrio im Kirchenportal stehen, der mit Habermehl spricht, plötzlich die Ministranten mit energischem Winken zu sich heranzitiert und sie auffordert, sich umzuziehen und ja vorsichtig mit den neuen Talaren umzugehen, sie nicht schmutzig zu machen oder gar bei der wilden Rennerei hinzufallen und zu beschädigen. Danach trägt er das Messingschild in Sankt Nicolai zurück und schließt das Kirchenportal. Auf das Knarren der großen Holztüren folgt allein das mechanische Schließgeräusch eines großen Schlüssels.

# XII

Don Prospero sitzt in klerikaler Alltagskleidung am Kopfende eines langen Tisches vor seinem Laptop. Das Zimmer ist abgedunkelt. Allein das Licht des Monitors erhellt sein Gesicht, wobei sein Atemgeräusch von beinahe unhörbar bis übermäßig laut anschwillt wie Wellen am Meeresstrand, die zunächst flüsternd aneinander klatschen, bald rauschhaft hochspringen und sich überschlagen. Während das Lichtgeflacker auf seinem Gesicht immer wilder wird, nähert sich plötzlich eine Hand aus entgegengesetzter Richtung, die den Monitor mit einem heftigen Ruck zuschlägt. Don Prospero blickt mit weit aufgerissenen Augen, vorwurfsvoll, erbost von unten nach oben in das Gesicht seiner Schwester, die ihn mit versteinertem Ausdruck anstarrt.

»Prospero!«, sagt sie kopfschüttelnd, »Prospero«, wiederholt sie, geht an ihrem Bruder vorbei und verlässt das Zimmer.

# XIII

Als am Tag danach kurz nach halb zwei Fingerhut und Habermehl die erste der sechs Stufen hinauf zur kiesbestreuten Terrasse vor dem Pfarrhaus von Sankt Nicolai nehmen, nennt Fingerhut die erste der sechs Sünden wider den Heiligen Geist: »... die durch Vermessenheit sündigen ...«, sagt er, wartet, schaut Habermehl an, der bereits auf der dritten steht, und nimmt zögerlich die zweite.

»... an der Gnade Gottes verzweifeln ...«, spricht der Kommissar auffordernd, erwartungsvoll.

»Die sechs Sünden wider den Heiligen Geist!«, erkennt Habermehl richtig und rezitiert, da er ja auf der dritten Stufe steht: »... der christlichen Wahrheit widerstreben ...«

Fingerhut macht daraufhin einen großen Schritt und landet auf der vierten Stufe: »... einen Nächsten beneiden ...«, und Habermehl, der zwar zierlich ist, doch mit Leichtigkeit Fingerhut gleichtut und die fünfte Stufe erklimmt ruft aus: »... ein verstocktes Herz haben ...«, worauf Fingerhut auf die sechste Stufe tritt: »... und unwillig sind, Buße zu leisten ...«

und an Habermehl vorbei über den Kies auf das Pfarrhaus zugeht.

Habermehl läutet die Türglocke. Nach wenigen Sekunden hören sie eine Frauenstimme, dann Schritte, einen Riegel, der zurückgeschoben wird. In der geöffneten Pfarrhaustür steht Lina Dorn. »Da seid ihr ja!«, ruft sie aus, als wären zwei Krieger nach langer Abwesenheit aus dem Feld heimgekehrt und fügt vorauseilend hinzu, dass Habermehl und Fingerhut »nein, nein«, nicht zu spät seien.

»Wollt ihr ablegen?« Sie zeigt auf den Garderobenständer.

Die Männer haben Anfang September nichts zum Ablegen. Fingerhut trägt ein leichtes Leinenjackett, weiß ohne Futter, weil es draußen noch um die 25 Grad hat, und Habermehl trägt ein Hemd und darüber eine dünne Popeline-Weste. Die Beiden folgen Lina den Gang entlang ins Esszimmer.

Die junge Frau, der Fingerhut bei seiner Ankunft in Schnait auf dem Weg zum Gasthof begegnet war, deckt den Tisch. Sie ist mit demselben taubenblauen Kittel und der grauen Schürze bekleidet. Der Junge, den sie am Vortag an der Hand gehalten hatte, der in der Messe einen der großen Leuchter getragen hat, steht jetzt neben ihr und hält ein Tablett mit Gläsern und Servietten auf den nach oben geöffneten Handflächen.

»Stell es auf den Tisch. Ja, so!«

Der Junge zieht eine Hand unter dem Tablett hervor. Als die Gläser zittern und leise klirrend aneinanderschlagen, erschrickt die junge Frau.

»Nicht, dass 'was runterfällt!«, worauf der Junge das Tablett vorsichtig von der verbliebenen flachen Hand mit der anderen auf die weiße Tischdecke zieht.

»Ja, so!«, sagt die junge Frau erleichtert und sieht dabei Fingerhut und Habermehl an.

»Ihr seid euch schon begegnet, ja?«, fragt Lina, wobei sie ihren Kopf von Fingerhut zur jungen Frau, dann zu Fingerhut und wieder zurück zu der Frau und dem Jungen dreht, und fügt an: »Fanny und Rickey leben bei uns im Pfarrhaus.«

Endlich haben die beiden einen Namen. Fingerhut bietet an, ihn Isidor oder einfach »Izzy« zu nennen, als Don Prospero durch eine zweite, das Esszimmer mit dem Flur und der gegenüberliegenden Küche verbindenden Tür eintritt. Er geht an Rickey vorbei, streicht dem Jungen zärtlich über den Rücken, worauf Rickey ein Hohlkreuz macht, sich wegdreht.

»Ah, da seid ihr ja. Ich habe einen geradezu unchristlichen Appetit«, ruft er laut.

Habermehl lobt Fingerhut unvermittelt als Kenner der Katechismen von Thomas von Aquin und Petrus Canisius bis Papst Ratzinger.

»Du übertreibst!«, korrigiert Fingerhut.

»Isidor hat die sechs Treppenstufen vor Sankt Nicolai mit den sechs Sünden wider den Heiligen Geist kommentiert«, plaudert Habermehl aus, worauf Fingerhut einschränkt, dass sie dies gemeinsam, sich in einträchtiger Zusammenarbeit abwechselnd, getan hätten.

»Sie interessieren sich für Zahlenmystik?«, fragt Don Prospero, wobei er sich ans Kopfende des Tisches setzt, Lina Dorn links neben ihren Bruder, Fingerhut rechts von ihm und Habermehl schräg gegenüber neben Lina.

»Nein, die Zahl der Stufen, dass es sechs sind, war mir bereits gestern vor der Messe aufgefallen.«

»Sehr gut!«, ruft der Priester aus, als ob er Fingerhuts »Nein« nicht gehört hätte, nimmt die weiße Stoffserviette, die fein säuberlich gefaltet auf dem Teller vor ihm liegt, öffnet sie zu unvermuteter Größe und bindet sie sich um.

»Dann wird Ihnen sicherlich etwas zur Zahl Vier einfallen! Einfach, nicht?«

»Die Zahl für das Weltumspannende und das Irdische, die Zahl der Himmelsrichtungen, die Zahl der kosmischen Ganzheit«, erwidert Fingerhut.

»Die Vier steht für die vier Elemente Feuer, Erde, Wasser, Luft, die vier Lebensphasen Kindheit, Jugend, Erwachsensein und Alter«, vervollständigt Lina, steht auf und schenkt reihum Wein in die Gläser.

»Und die vier menschlichen Temperamente: Phlegmatiker, Sanguiniker, Choleriker und Melancholiker«, wirft Habermehl ein, worauf Lina, vielleicht schon etwas beschwipst von einigen Gläsern, die sie am Vormittag getrunken haben mag, schnell ihre Vorliebe für den Sanguiniker kundtut: » ... heiter, lebhaft und, warum nicht, ein wenig leichtsinnig.«

Alle stoßen darauf an.

» Die vier Kardinaltugenden, Klugheit, Gerechtigkeit, Tapferkeit und Mäßigung«, kommen Fingerhut in den Sinn, und Lina erwähnt schnell noch die vier Jahreszeiten, worauf Don Prospero den erhobenen Zeigefinger in die Luft hält und an die vier Evangelisten erinnert.

»Das weiß sogar ich!«, ruft Lina und beginnt mit der Aufzählung bei Matthäus, als Don Prospero sie unterbricht und Rickey zu sich zitiert: »Das ist ein guter Test. Rickey! Kommst du bitte mal.«

Der mit einer Schale dampfender Kartoffeln beladene Junge erscheint in der Tür.

»Rickey, mein Lieber, wie heißen die vier Evangelisten?«

Der Junge zögert. Er hat einen flehenden Ausdruck in den Augen. Don Prospero zieht ihn zu sich heran, wobei das Kind eine widerstrebende Gebärde macht, die zwar vorsichtig und zart ist, doch die Schale mit den Kartoffeln in seinen Händen beinahe zu Boden fallen lässt. Don Prospero lächelt, hält den Jungen am Arm fest, während Lina Dorn die Schale abfängt, spricht mit freundlichem, dabei festem Tonfall: »Das weißt du doch. Matthäus, ...«, wiederholt Don Prospero den Namen des von Lina bereits genannten ersten Evangelisten.

»... Markus, Lukas und Johannes«, sagt Rickey vorsichtig, worauf Don Prospero, ohne ein lobendes Wort einzufügen, nach den vier Erzengeln fragt.

»Mi... Michael, Gabriel, Raphael und Uriel.«

»Brav, mein Junge. Sehr brav!«, kommentiert Don Prospero, wobei er Rickeys Oberarm fest im Griff behält.

»Und die vier großen Propheten sind? Na, Jes...«, setzt der Priester sein Verhör, denn um nichts anderes handelt es sich, fort. Auf Linas Einwand, den Jungen in Ruhe zu lassen, es gut sein zu lassen und sich dem Kalbsbraten, der herrlich duftend von Fanny ins Esszimmer getragen wird, zu widmen und die frischen Gemüse zu genießen, reagiert Don Prospero scharf, dass Rickey die Antwort kenne und dem Jungen gegenüber zärtlich aufmunternd mit einem »Na, Jes...«

»Jes... Jes...«, wiederholt Rickey, kämpft mit sich, dreht sich um und sieht auf Fanny, die eine Sauciere und eine Salatschüssel durch die Tür trägt.

»Jesaja, Jeremia, Ezechiel und Daniel«, sagt Fingerhut schließlich und erntet von Don Prospero ein abstrafendes »Doch nicht …« und einen herausfordernden Blick. »Dass Sie es wissen, daran hatte ich keinen Zweifel!«

»Rickey ist ein sehr stiller Junge. Er leidet an dieser Stille, die ihn seit Jahren umgibt«, sagt Habermehl während er sich Kalbsbraten auflegt und aus der Sauciere Soße darüber gießt.

»Er ist kein Autist«, rückversichert Lina ungefragt, während sie sich Salat im Teller anrichtet und Habermehl bestätigt, Kalbsbraten kauend, dass Rickey, nein, kein Autist sei.

»Er ist einfach sehr schüchtern, fast scheu gegenüber Fremden. Das ist alles. Er wird von Don Prospero sehr gefördert.«

»Und natürlich auch von mir!«, ruft Lina, was mit einem Nicken rechts und links von ihr bestätigt wird. »Rickey drückt alles in seinen Bildern aus. Er ist ein hochbegabter Zeichner und Maler.«

Don Prospero, Lina Dorn, Ignaz Habermehl und Fingerhut essen und trinken. Mancher Satz wird von Tischgeräuschen wie Klappern und Geklirr von Bestecken auf Tellern und von Gläsern, die aneinanderstoßen, übertönt, bis Fanny den Tisch abräumt und den Blick auf die roten und braunen Flecken vom Wein und der Soße auf weißer Tischdecke freigibt, sich alle gegenseitig ein wenig müde anschauen und Stille einkehrt.

Don Prospero steckt sich eine Zigarre an.

Lina wedelt den Rauch mit der Hand weg und macht ein Fenster auf. Sie geht zu einer Anrichte, auf der Flaschen mit Cognac, Grappa und Likören stehen.

»Fanny! Sei so lieb und bring uns frische Gläser«, bittet sie und stößt dabei unüberhörbar auf.

»Pardon!«

»Ignaz und ich haben bewundernd über ihr kunsthistorisches Gespür gesprochen«, komplimentiert Fingerhut Don Prospero.

Fanny serviert Kaffee. Dann stellt sie Schnaps und Schnapsgläser auf den Tisch.

»Dass Sie Professorin von Esau und später auch Professor Kieselbach mit den Gutachten betraut haben!«, insistiert Fingerhut, worauf nicht Don Prospero, sondern seine Schwester reagiert.

»Wir hatten gleich die besten Fachleute auf dem Gebiet der Hochrenaissance kontaktiert«, sagt Lina, und dass sie sich damals vor zwei Jahren diese Spezialisten nur hätten leisten können, weil sie einen Sponsor hatten.

»Wir hatten einen Sponsor. Den Max Pöcksteiner aus ... «, erklärt Lina Dorn, als ihr Bruder sie ungeduldig unterbricht.

» ... Zellach. Ist schon gut! Lina, ist schon gut. Als ich ... «, ruft Don Prospero aus und hält nach dem »ich« beinahe weihevoll inne, was dem »ich« eine hervorragende Stellung in seiner Rede einräumt, »... zum ersten Mal die Sakristei von Sankt Nicolai betrat ...«, wieder unterbricht er sich und fügt erklärend ein, dass das Michelangelo-Kruzifix ja nicht, wie heute, in der Apsis, sondern in der Sakristei hing, »... war ich wie vom Blitz getroffen.«

Im weiteren Verlauf seiner Rede scheint sich Don Prospero von den im Esszimmer Anwesenden zu entfernen, entrückt, andächtig seiner Erinnerung lauschend.

»Dieses sanfte und zärtliche, dieses edle Antlitz des Jungen ...«, flüstert er und streichelt seine Zigarre.

»Michelangelos Zeitgenossen, Savonarola und der berühmte Vasari, sie priesen die frühen Kruzifixe als Spiegel der Schönheit«, souffliert Habermehl. Worauf Don Prospero schwärmend, mit feiner Ekstase ausruft: »... als eine Beschreibung der Seele unseres Herrn.« Er steht auf und misst mit weiten Schritten den Raum ab.

»Die Figur des gekreuzigten Jesus ist sehr realitätsnah dargestellt. Ich meine, von allen Seiten«, erklärt Don Prospero und, dass der Körper in vollendeter Perfektion modelliert sei.

Habermehl dreht sich zu ihm um und gibt seiner Vermutung kund, dass Michelangelo nach einem lebenden Model gearbeitet, die Figur zumindest danach studiert haben musste, einem nackten Knaben, einem Jungen von vielleicht zwölf, dreizehn oder vierzehn Jahren.

»Höchstens dreizehn«, protestiert Don Prospero, als hätte Habermehl ihn aus einem Traum geweckt. »Nein, vielleicht zwölf Jahren.«

Der Priester sieht an allen vorbei auf Rickey, der wieder im Türrahmen der Tür zum Korridor und der gegenüberliegenden Küche steht.

Habermehl bemerkt, dass Michelangelo auf eine Verhüllung der Scham verzichtet hat und bezieht sich auf Lukas 23, Vers 34: »Jesus aber betete ... « und Don Prospero rezitiert mechanisch das »Vater, vergib ihnen, denn sie wissen nicht, was sie tun.«

»Dann warfen sie das Los und verteilten seine Kleider unter sich.«

»Sehr gut, mein Bester. Sehr gut«, lobt Don Prospero Fingerhut, als ob er ihn zum ersten Mal überhaupt wahrnehme.

»Kriminalhauptkommissar Fingerhut darf man keinesfalls unterschätzen«, orakelt Habermehl.

Mit der Nennung von Fingerhuts Amtsbezeichnung ändert sich die Stimmung plötzlich, ähnlich einem kalten Windstoß, der die Atmosphäre frösteln lässt, oder einem unglücklich gefallenen Würfel, der die Spieler zwingt, ihre Figuren zurückzusetzen. Was vorher ein gegenseitiges und vorsichtiges Abtasten in privater Runde gewesen war, nimmt nun offiziellen

Charakter an. Fingerhut ist nicht mehr der Gast, der mit den Riten des christlichen Gottesdienstes noch aus seiner Zeit als Ministrant in Erlangen sehr vertraut ist, die Grundfragen des römisch-katholischen Glaubens beherrscht und aus beiden Testamenten zitieren kann, nicht mehr Habermehls Student aus lang zurückliegenden Studientagen in Augsburg; er ist der Polizeivollzugsbeamte, der als Vorhut, als Speerspitze nach Schnait am See gekommen ist, um im Todesfall Mateusz Zelter zu ermitteln.

»Ignaz hat mir bereits berichtet«, sagt Don Prospero und nickt in Habermehls Richtung.

»Haben Sie eine Erklärung dafür, wie ein Mensch in Schnait am See verdursten konnte?«, fragt Fingerhut überraschend.

»Nein! Wieso? Wieso ich? Und warum in Schnait?«, antwortet Don Prospero reflexartig, dreht seine Zigarre zwischen den Fingern, mustert Fingerhut. »Er ist ja am 1. September wieder abgereist. Gerade mal zehn Tage nachdem er seine Recherchen hier begonnen hatte. Ohne ein Wort zu sagen. Obwohl wir Doktor Zelter sehr wohlwollend aufgenommen und ... «, dabei hebt Don Prospero den Zeigefinger seiner rechten Hand in Habachtstellung, » ... ihn in jeder Weise unterstützt hatten, besonders natürlich Ignaz.«

»Er ist am 1. September wieder abgereist?«, fragt Fingerhut erstaunt in Habermehls Richtung. »Davon hast du mir nichts gesagt!« Der nickt und zuckt die Achseln, gießt sich einen Grappa nach und sagt, dass Fingerhut ihn nicht danach gefragt hätte.

»Am frühen Nachmittag!«, präzisiert Habermehl. Er nippt am Tresterbrand, worauf er hustet und das Glas erzittert. »Er ist überraschend am frühen Nachmittag des 1. September abgereist.«

»Wir müssen also herausfinden, wo Doktor Zelter die sechs Tage bis zu seinem Unfall verbracht hat«, sagt Fingerhut und resümiert, dass Doktor Zelter nicht tot in sein Auto gestiegen und auf den Schafskopf gefahren sein kann, um dort zu verunglücken.

»Selbstverständlich! Natürlich nicht«, erwidert Don Prospero fast ungehalten, um sich sofort zurückzunehmen und die offensichtliche Vermutung anzustellen, dass also Fremdeinwirkung im Spiel sein musste.

»Richtig! Fremdeinwirkung von ein oder mehreren Personen, die Zelter zunächst auf den Beifahrersitz seines Autos gesetzt haben, ihn auf die Landstraße unterhalb des Schafskopf gefahren, ihn umgesetzt und das Auto schließlich mit laufendem Motor den steilen Hang haben rollen lassen.«

»Im Leerlauf zielgenau gegen einen Baum«, bemerkt überraschend Habermehl, worauf Don Prospero mit einem nervösen Zucken um die Mundwinkel reagiert.

»Warum zielgenau? Auf der Streuobstwiese stehen ein Haufen Bäume«, wirft Lina Dorn ein. »Da hätte auch der geschickteste Slalomfahrer keine Chance gehabt.«

»Die Frage ist, wie konnte Doktor Zelter verdursten und, wo ist das passiert? Hat man ihn vielleicht entführt oder ihn in einer aussichtslosen Situation seinem Schicksal überlassen und geplant, zumindest gehofft, dass er verdurstet?«

»Also Mord!«, wirft Lina Dorn ein.

»Aber warum?«, fragt Fingerhut. »Warum will jemand einen jungen Historiker, der die Biografie eines lang verstorbenen Pfarrers und Kriegshelden recherchiert, ermorden?«

»Vielleicht liegt der Grund in Mateusz Zelters letztem Buch?«, schlägt Habermehl vor.

»Das Braune Erbe. Wie die Enkel prominenter Nationalsozialisten den aktuellen Rechtsextremismus finanzieren«, zitiert Fingerhut den Buchtitel.

»Ja!«, ruft Habermehl geradezu begeistert, was in diesem Zusammenhang einen Missklang erzeugt. »Zelter hat mir davon erzählt, dass er Morddrohungen erhalten hätte, hunderte.«

»Ich weiß!«, erwidert Fingerhut. »Meine Kollegin hat seinen Verleger getroffen.«

Als ob Don Prospero die Angelegenheit abschließend klären will, sagt er, dass Fingerhut sicherlich in dieser Richtung ermitteln müsse und erzählt übergangslos, dass er Mateusz Zelter am 22. August in der Messe zum Fest Maria Königin gesehen und mit ihm danach ein paar Worte gewechselt hätte.

»Wir standen vor Sankt Nicolai. Ich habe ihn für den nächsten Tag, für Donnerstag, zum Mittagessen eingeladen.«

»Die Gastfreundschaft ist ein hohes Gut in unserer Gemeinde«, wirft Lina ein.

»Das habe ich freudig festgestellt. Und Ihre Küche ist ausgezeichnet«, komplimentiert sich Fingerhut mit seiner Gastgeberin ob des schmackhaften Kalbsbratens.

»Auch mit Doktor Zelter haben wir Kalbsbraten gegessen«, bemerkt Habermehl.

»Eine unserer Spezialitäten, Fannys Spezialitäten«, präzisiert Lina Dorn und fügt an, dass sie Doktor Zelter gerne ein zweites Mal bewirtet hätten, es aber nicht dazu gekommen sei.

# XIV

Fingerhut liegt in seinem Zimmer, beinahe im Dunkeln. Allein einige Lichtstrahlen dringen durch die Spalten der zugezogenen Vorhänge. Er wird durch ein Klopfen an der Tür aufgeschreckt. Er lehnt sich über den Nachttisch, an der Nachttischlampe vorbei, als seine Brille herunterfällt, und fingert nach dem Schlüssel, der im Türschloss steckt. Fingerhut dreht ihn. Es klopft erneut.

»Ja, bitte? Jetzt ist offen«, ruft er und räuspert sich.

Die Tür geht auf, ein Mann tritt ein. Er trägt eine mit Blüten bestickte Trachtenweste aus dunkelblauem Samt. Er rollt einen Beistelltisch vor sich her. Hinter ihm steht Gusti, die Frau aus dem Schloss, die auch samstags putzt, mit einem Tablett im Türrahmen.

»Guten Morgen!«, grüßt der junge Mann herzlich. »Als Sie nicht zum Frühstück gekommen sind ... Wir hatten Sie erwartet. Auf der Gartenterrasse.«

»Es ist ein wunderschöner Tag«, bemerkt Gusti.

Der junge Mann geht zum Fenster und zieht die Vorhänge zurück. Strahlender Sonnenschein flutet das Zimmer. Fingerhut muss blinzeln und mit der

Hand die Augen bedecken. Fingerhut ist so sehr mit dem Aufwachen beschäftigt, dass es ihm nicht in den Sinn kommt, diesen freundlich gemeinten Service als ungebeten abzuwehren, ja, zurückzuweisen. Er beugt sich vom Bett nach unten und greift nach seiner Brille.

Der junge Mann rollt den Beistelltisch über den holprigen Dielenboden und den Teppich mit geometrischen Mustern an Fingerhuts Bett. Er bückt sich und reicht Fingerhut die Brille. Der setzt sie sich reflexartig auf, um sich ein konkretes Bild der Situation zu verschaffen.

Gusti stellt das Tablett auf den Beistelltisch.

»Guten Morgen. Wir haben auf Kaffee getippt«, sagt sie und erklärt ihre Wahl mit einer Information, die sie von Fanny, Don Prosperos junger Haushaltskraft, erhalten habe. »Fanny hat mir gesagt, dass sie gestern Mittag nach dem Essen im Pfarrhaus einen Espresso getrunken haben.«

»Also haben wir uns gedacht, dass sie auch zum Frühstück Kaffee dem Tee vorziehen«, schlussfolgert der junge Mann, der sich als Karl-Friedrich, der Junior-Chef, Sohn der Eigentümerfamilie des Gasthofs vorstellt. »Wir können das aber ändern.«

Fingerhut bestätigt seine Vorliebe für Espresso nach dem Mittagessen.

»Ansonsten bin ich Teetrinker. Für heute geht das aber in Ordnung.«

# XV

Am folgenden Montag schlendert Fingerhut über den Markt. Obst-, Lebensmittel- und Blumenstände sind aufgebaut. Er geht zum Busparkplatz und steigt in dieselbe Linie ein, mit der er zwei Tage zuvor gekommen war. Als er die Autowerkstatt erreicht, steht sein Benz auf einer Hebebühne und Azikiwe darunter.

»Der Alfa von Doktor Zelter ist heute ganz früh abgeholt worden«, schickt Azikiwe voraus, nickt und klopft mit dem Griff eines Schraubenziehers in die offene linke Handfläche.

»Was ist mit meinem Baby?«, fragt Fingerhut.

»In phantastischem Zustand. Tipptopp. Außer ... «

» ... der Lichtmaschine. Die ist ... «, hat Fingerhut bereits erraten, weil es das zweite Mal in zwei Jahren ist, dass sie ersetzt werden muss.

Azikiwe macht die Geste der über die Schulter rückwärts geworfenen Hand und sagt gleichzeitig:

» ... Schrott!«

»Irreparabel?«, fragt Fingerhut überflüssigerweise.

»Ich habe bereits herumtelefoniert. Fehlanzeige!«, sagt Azikiwe. Fingerhut zieht die Visitenkarte eines spezialisierten Ersatzteilhändlers für Oldtimer aus der Jackentasche.

»Schweinfurt? Ich ruf' da gleich an. Mit ein wenig Glück ... «, sagt Azikiwe nickend.

Fingerhut fragt ihn nach dem Schafskopf, auf dem Mateusz Zelter verunglückt ist.

»Du kannst ihn von hier aus sehen«, antwortet er, ohne seine Augen von der Liste der Vintage-Fahrzeuge auf der Rückseite der Visitenkarte zu nehmen.

»Wahnsinn!«, sagt er, als sie den Hof überqueren, wobei er die Karte wie einen Fächer vor seinem Gesicht hin und her wedelt.

Sie treten durch das Werkstatttor und laufen ein kurzes Stück die Straße entlang. Nach wenigen Metern bleibt Azikiwe am Anfang eines breiten Feldwegs stehen, streckt seinen Arm aus und zeigt in Richtung Horizont: »Siehst du die Hügelkette dort? Die höchste Erhebung ist der Schafskopf.«

»Und die großen Gebäude in der Ebene gleich unterhalb? Sind das Bauernhöfe?«

»Nein! Das ist Max Pöcksteiners Gestüt. Der Gönner und Förderer von Schnait«, erklärt Azikiwe.

»Pöcksteiner«, wiederholt Fingerhut nachdenklich, wobei er sich mit der Hand über seinen Zweitagebart streicht. »Den werde ich mal besuchen.«

# XVI

Als Fingerhut zu Fuß auf dem Hof des Gestüts eintrifft, kommt ihm die Frau entgegen, die er zwei Tage zuvor, am Samstag, vor Sankt Nicolai gesehen hat, als sie in Begleitung eines Mannes mit Habermehl im Gespräch war und beide von Zeit zu Zeit zu Fingerhut hingeschaut hatten, sehr diskret, wie auch ihre unprätentiöse Eleganz zurückhaltend und daher umso präsenter war. Sie trägt Reithosen und führt einen Schimmel am Zaumzeug.

»Ja, bitte? Sie suchen jemanden?«, fragt sie mit unverhohlenem, absichtsvoll erklärtem Misstrauen in der Stimme.

Fingerhut stellt sich vor und, um der Frau seine Vertrauenswürdigkeit zu beweisen, erklärt, ein Freund von Ignaz Habermehl zu sein.

»Ach! Ja! Ich habe Sie am Samstag vor Sankt Nicolai gesehen«, sagt sie, als ob sie eine lang archivierte Erinnerung aus dem Dornröschenschlaf erwecken müsse und fügt unbeeindruckt Fingerhut musternd ob seines seltsamen Auftretens als einsamer Spaziergänger auf weitem Feld hinzu, dass nicht jeden Tag unangemeldet Kriminalhauptkommissare zu Fuß auf ihrem Hof erscheinen. Sie lächelt ein ihr eigenes sanftes Lächeln, durch das die Gewissheit einer finanziellen und, in ihrer Wahrnehmung, sozialen Überlegenheit schimmert.

Das Pferd wird unruhig, es schnaubt.

Fingerhut erklärt schnell, dass sein Auto in der Werkstatt von Azikiwe stehe. »Mein 220er Benz Cabriolet ... «, sagt er, als ob die Frau sich für Oldtimer begeistere und den Wert eines solchen Wagens mit seinem Besitzer wohlwollend oder erstaunt assoziieren würde.

Plötzlich tritt der Mann, der am Samstag in ihrer Begleitung vor Sankt Nicolai gestanden hat, weit hinter der Frau aus den Stallungen. Er mag Mitte 60 sein und ist mit einem bis zum Boden reichenden, ärmellosen Überzieher bekleidet. Über seinen rechten Arm trägt er einen Gummihandschuh, dessen Stulpe ihm bis zur Schulter reicht.

»Wo bleibst du denn?«, ruft er der Frau zu. Da sie sich nicht zu ihm umdreht, geht er mit großen Schritten auf sie und Fingerhut zu.

»Dem Antares geht es wieder gut. Der Darm ist jetzt frei«, ruft er und zieht dabei den Handschuh am oberen Ende der Manschette vom Arm.

»Hier ist ein Freund von Ignaz ... Kriminalhauptkommissar ... «, ruft die Frau und fragt Fingerhut, wie sein Name doch gleich war.

»Fingerhut. Isidor Fingerhut«, ruft dieser an ihr vorbei dem Mann zu, worauf die Frau überflüssigerweise Fingerhuts Namen wiederholt.

Hinter dem Mann taucht Fanny im Tor der Stallungen auf. Sie trägt, wie die Frau, Reithosen, grüßt mit einem schüchternen Nicken und formt mit den Lippen das Wort »Hallo!«

Fingerhut erwidert den Gruß mit einem Lächeln und einem Nicken. Der Mann, der inzwischen bei Fingerhut angekommen ist, dreht sich zu Fanny um und wieder zurück. Er reicht dem Kommissar die Hand und stellt sich als Max Pöcksteiner vor.

»Ich habe Sie am Samstag vor Sankt Nicolai gesehen«, sagt er zu Fingerhut. »Schatz, das ist der Herr, der neben Ignaz in der ersten Reihe saß, auf den Besucherbänken.«

Sie nickt.

Pöcksteiner lädt Fingerhut ins Haupthaus seines Gestüts ein, ruft der Frau noch einmal »Schatz« zu und wünscht ihr viel Spaß beim gemeinsamen Ausritt mit Fanny.

Pöcksteiner führt Fingerhut in eine Wohnhalle, wo zahlreiche zeitgenössische Pferdeportraits an den Wänden hängen. Um den Konversationsfaden nicht unnötig zu strapazieren, ihn vielleicht abreißen zu lassen, beginnt Fingerhut einen Satz mit »Ich war gestern ...«.

»… zum Mittagessen im Pfarrhaus. Ich weiß. Fanny hat es mir erzählt«, unterbricht Pöcksteiner und fügt erklärend hinzu, dass Rickey und Fanny zwei Mal in der Woche zu ihm und seiner Frau kämen, dass Fanny eine talentierte Reiterin sei und Rickey …

»… eine große künstlerische Begabung«, unterbricht Fingerhut nun Pöcksteiner und beweist damit, gut informiert zu sein. »Ignaz Habermehl sagte so etwas.«

Max Pöcksteiner nickt.

»Wir haben Rickey ein Atelier eingerichtet. Hier im Haus. Kommen Sie!«

Max Pöcksteiner und Fingerhut laufen über Korridore, durchqueren Salons. Es ist ein großes Haus. Plötzlich stoppt Pöcksteiner.

»Das dürfte Sie interessieren!«, sagt er und stößt eine mit bunten Bleigläsern verzierte Tür auf, woraufhin eine marianische Melodie ertönt. Sie betreten einen Andachtsraum, eine Kapelle, die mit wenigen Möbeln minimalistisch, geradezu karg eingerichtet ist. Über dem kleinen Altar hängt zentral das Michelangelo-Kruzifix.

»Nun, da staunen Sie. Eine perfekte Kopie!«, triumphiert Pöcksteiner und erzählt Fingerhut von einem Sohn aus einer früheren Ehe, der ein Start-up gegründet hat, das sehr erfolgreich 3-D-Drucker herstellt.

»Das ist damit möglich! Mein Sohn hat das Original eingescannt und … «

Fingerhut zeigt sich beeindruckt und verharrt eine Weile vor dem ausgedruckten Christus.

»Lassen Sie uns zu Rickey gehen«, fordert Pöcksteiner, der auf dem Korridor stehen geblieben ist, Fingerhut auf.

Sie gehen weiter, einmal nebeneinander, einmal hintereinander, und kommen endlich nach draußen auf eine Terrasse von sicherlich hundert Quadratmetern, an die sich ein Landschaftsgarten anschließt. Sie erreichen bald ein Atelierhaus mit meterhohen Fenstern, aus dem laut brüllend Heavy Metal dröhnt. Als Pöcksteiner die Tür öffnet, explodiert die Lautstärke.

Rickey steht mit dem Rücken zu den beiden Männern vor großen Papierfahnen. Er zeichnet mit schwarzen Kohlestiften. Pöcksteiner versucht es mit lautem Rufen, bald schreit er Rickeys Namen.

Der nickt, als er sich von den Zeichnungen zu den Männern umdreht. Rickey geht zu einem Verstärker, stellt die Musik leise und nickt wieder.

»Dürfen wir dich kurz, ganz kurz nur, stören?«, fragt Pöcksteiner überaus freundlich, beinahe liebevoll.

Rickey nickt ein drittes Mal.

»Hallo Rickey!«, begrüßt Fingerhut den Jungen und fragt ebenso freundlich wie Pöcksteiner zuvor, ob er seine Arbeiten ansehen dürfe.

»Hallo«, antwortet der Junge leise.

Fingerhut sieht großformatige Kohlezeichnungen auf braunen Packpapierfahnen. Sie zeigen kubische Formen, Quader, die dicht gegeneinander stehen. Dazwischen ist meist ein Mensch eingeklemmt, ein kleiner Mensch. Auf manchen Zeichnungen stehen die Quader so dicht, dass nicht einmal ein dünner Mensch dazwischen passt, allein ein Lichtstrahl hindurchfällt, manchmal auf eine schwarze Fläche, auf der ein zerbrochenes Kruzifix liegt. Daraus läuft dunkelrot Blut. Auf einer anderen Zeichnung sieht Fingerhut einen Jungen, der einen Jutesack über eine, von einem kalten Mond beschienene Landschaft trägt. Der Sack hat eine Öffnung, die Richtung Betrachter zeigt; sie ähnelt einer Vagina. Aus dem Schoß fallen Kinder mit schweren körperlichen Behinderungen.

Fingerhut geht langsam, das Versprechen, nur kurz zu stören, brechend mit ernsthaftem Erstaunen auf die Zeichnungen zu und an ihnen vorbei.

Als die Männer wieder in der Wohnhalle sitzen, erwähnt Pöcksteiner, dass er von Don Prospero und Habermehl gehört habe, Fingerhut ermittle im Fall Zelter.

»Das ist ja eine fürchterliche Sache! Und Sie sagen, dass er nicht durch den Unfall ums Leben gekommen ist, sondern, so hat mir Habermehl berichtet, verdurstet ist?«, fragt Pöcksteiner.

Fingerhut nickt und bestätigt, dass dies der pathologische Befund sei.

»Leider werde ich Ihnen kaum helfen können. Ich habe Zelter wohl nur einmal in Habermehls Bibliothek getroffen. Er war ja ganz plötzlich abgereist. Niemand wusste, wohin«, erklärt Pöcksteiner eifrig und ergänzt, dass Don Prospero, vielleicht auch Habermehl, diese Abreise irritiert habe, weil sie Zelter doch so freundlich, ja, geradezu herzlich aufgenommen hatten.

»Sicherlich!«, bestätigt Fingerhut verständnisvoll. »Und doch ist es beunruhigend, dass ein Mann wie Zelter sich nicht verabschiedet, sich bei seinen Gastgebern nicht bedankt und ohne Erklärung ... «, Fingerhut hält einen Moment inne, » ... wegstiehlt.«

»Wegstiehlt?«, erwidert Pöcksteiner nervös. »Nein! Soweit würde ich nicht gehen. Er hatte Dringliches zu erledigen. Bestimmt! Das glaubten wir zumindest.«

»Und jetzt?«, fragt Fingerhut, greift in die Tasche seines Jacketts und zieht eine geöffnete Tüte mit blauweißen Fruchtgummis heraus: »Möchten Sie?«

Pöcksteiner schüttelt lächelnd den Kopf: »Jetzt muss man annehmen, dass er zu dieser Abreise genötigt wurde, von Unbekannten entführt.«

»Und wer sollten diese Entführer sein?«

»Rechtsextreme Gewalttäter! Zelter hatte doch dieses umstrittene Buch geschrieben, das im letzten

Jahr bei Tauber in Bayreuth erschienen ist. Er hatte Morddrohungen erhalten, sehr viele.«

Fingerhut nickt und wundert sich über Pöcksteiners eloquenten und mit Habermehls teilweise wortidentischen Versuch, die Ermittlungen in diese Richtung zu lenken.

»Absolut!«, sagt Fingerhut und steckt seine Fruchtgummitüte zurück in seine Jacketttasche. »Spätestens seit den NSU-Morden, dem Mord an Walter Lübcke, seit Halle und Hanau ist mir diese Möglichkeit immer gegenwärtig.«

»Ich konnte Doktor Zelter bei seinen Recherchen zu dem verstorbenen Pfarrer Itzlinger sowieso nicht assistieren«, sagt Pöcksteiner übergangslos und beginnt unaufgefordert, seine eigene Geschichte zu erzählen, dass er ab seinem dreizehnten Lebensjahr Internatsschüler gewesen sei und nur die Ferien in Zellach und Schnait verbracht hätte. Er berichtet alles in einem perfekten Redefluss, als habe er die Geschichte schon mehrfach erzählt. Ganz gegen seine Gewohnheit akzeptiert Fingerhut einen zweiten Kaffee an diesem Tag, den Pöcksteiner an einer silberglänzenden Maschine hinter dem Tresen der Bar zubereitet. Den Zucker in seiner Espressotasse verrührend, erzählt Pöcksteiner von seinem Vater, dem alten Hubertus Pöcksteiner, der als größter Arbeitgeber in der Region einst zwölfhundert Menschen beschäftigte. Auch wenn Fingerhut dieser Teil weniger interessiert, so folgt er doch seinem Grundsatz, Menschen, in dem, was sie sagen, nicht einzuengen, zu beschränken, sondern entsprechend ihrer Prioritäten das berichten zu lassen, was ihnen offensichtlich am Herzen liegt.

»Mir hat mein Vater den Betrieb nicht anvertrauen wollen. Hatte das nie geplant. Sah in mir keinen Unternehmer. Also hat er in der Ölkrise Mitte der 70er-Jahre alles verkauft. An einen Hedgefonds. Die gab es schon damals.«

Pöcksteiner trinkt endlich seinen Kaffee, womit das schier endlose glockenhelle Klingeln des Löffels in der hauchdünnen Wedgewood-Knochenporzellan-Espressotasse endet. Fingerhuts Gedanken erratend, erklärt er, dass er nicht zu heiß trinken könne und spricht dann weiter über den Hedgefonds, dass der den Firmensitz zwei Jahre später nach Irland verlegt habe, die Fertigung der mittleren Qualitäten ins Ausland gegangen seien und nur die hochwertigen Produktlinien noch ein paar Jahre in Zellach hergestellt wurden.

»Was waren das für Produkte?«, unterbricht Fingerhut.

»Armaturen! Für Bad und Küche«, antwortet Pöcksteiner knapp. »Ende der 80er-Jahre wurde alles an ein chinesisches Unternehmen weiterverkauft, das die gesamte Fertigung bei einem VEB-Werk im Osten angesiedelt hat und dafür immense Zuschüsse aus dem Steuersäckel erhielt. Hier war zappenduster! Mein Vater war da bereits tot«, schließt Pöcksteiner seinen langen Monolog.

Als Pöcksteiner und Fingerhut zurück nach draußen gehen und den Hof überqueren, spricht er schließlich über sein Verhältnis zu Don Prospero und seine Rolle bei der Entdeckung des Michelangelo-Kruzifixes.

»Vor gut zwei Jahren, Don Prospero war erst kurz zuvor nach Schnait gekommen, trat er an mich heran, ob ich die Laboruntersuchungen des Kruzifixes und die Gutachten der Fachleute finanzieren, zumindest mitfinanzieren wolle. Ich habe natürlich ja gesagt. Ich habe das gern gemacht.«

Fanny und Pöcksteiners Frau reiten in einiger Entfernung über die Wiesen.

»Die Untersuchungen bestätigten die Toskana, sehr wahrscheinlich das Gebiet des Casentino, als geographische Provenienz des Holzes. Das Alter des Kruzifixes konnte ziemlich genau bestimmt werden, 500 bis 550 Jahre«, sagt Pöcksteiner und, dass alles passte, dass die spärliche farbliche Fassung aus verschiedenen Schichten bestand: eine aus dem 19., eine zweite aus dem 17. und die erste aus dem späten 15. Jahrhundert.

»Bingo!«, ruft Fingerhut spontan und Pöcksteiner antwortet mit »Bingo!« Er erfährt, dass Pöcksteiner auch die Konservierung finanziert und die Sicherung des Kruzifixes hoch oben im Altarraum hinter Panzerglas und die Alarmanlage bezahlt habe.

»Wo steht Ihr Auto?«, fragt Pöcksteiner, wobei er sich suchend auf dem großen Hof umdreht.

»Bei Azikiwe in der Werkstatt«, antwortet Fingerhut und sagt, dass er mit Bus und zu Fuß unterwegs sei.

Pöcksteiner schüttelt verständnislos den Kopf, zieht einen Schlüssel aus der Tasche und zeigt auf seinen SUV. »Ich fahre sie schnell.«

Auf der kurzen Rückfahrt nach Schnait erzählt er noch, dass Schnait, kaum war die Nachricht draußen, von Fernseh-, Rundfunk- und Presseleuten geradezu überrannt worden sei.

»Und die Politik gab sich die Klinke von Sankt Nicolai in die Hand. Höchste Würdenträger sagten sich an, kamen in unsere doch sehr ländliche Gegend. Es war eine Sensation.«

»Ein Hype, der bis heute anhält«, bemerkt Fingerhut.

»Dem Herrn, dem alten Pfarrer Itzlinger und Michelangelo sei's gedankt«, ruft Pöcksteiner aus und schlägt auf das Lenkrad.

»Schnaits Dreifaltigkeit!«, bemerkt Fingerhut.

# XVII

Am nächsten Tag, es ist ein Dienstag, besucht Fingerhut erneut Habermehl im Schloss. Der Stadtchronist ist im Bibliothekssaal und kramt in Kisten.

»Ich hatte dich bereits vermisst«, begrüßt er Fingerhut ein wenig vorwurfsvoll.

»Ich hatte einen Termin«, antwortet dieser entschuldigend. »Ich musste mich um mein Auto kümmern.«

»Ah! Natürlich. Ist es denn repariert?«, fragt Habermehl, den Kopf über eine Kiste gebeugt.

»Nein!«, ruft Fingerhut durch den Saal und spaziert unschlüssig zwischen den Kisten zu drei Tischen, auf denen Briefe, Bücher, eine Ledertasche, groß wie ein Tornister, Kleidungsstücke und ein siebenarmiger Leuchter, eine Menora, nebeneinander ausgelegt sind, fein säuberlich, als ob es sich um teure Uhren, Armbänder, wertvolle Halsketten in einem exklusiven Juweliergeschäft handele.

»Das ist der Itzlinger Nachlass«, ruft Habermehl aufgeregt. »An den Tischen hat Doktor Zelter gearbeitet. Das sind seine Tische.«

»Eine Menora im Nachlass eines katholischen Priesters?«

Habermehl steht an seinen Kisten und Kartons und erklärt ohne aufzuschauen, dass Itzlinger ein aufgeschlossener Mann gewesen wäre, der die vertikale Ökumene unter Einschluss der anderen abrahamitischen Religionen gefördert habe.

»Da müsste auch eine Kippa unter den Sachen sein«, fügt er hinzu und schaut dann doch zu Fingerhut rüber.

Der nickt und hält die Kippa hoch.

»Geschenke des Münchner Rabbiners«, ergänzt Habermehl. Fingerhut nimmt eine Lupe zur Hand und betrachtet Itzlingers Erkennungsmarke aus dem Zweiten Weltkrieg, legt sie zurück neben dessen Feldgesangbuch und ein Heft zur Osterkommunion. Er betrachtet Itzlingers Soldbuch »Militärpfarrer a. K. Franz Itzlinger«.

»›a. K.‹ steht für ›auf Kriegsdauer‹«, ruft Habermehl quer durch den Bibliothekssaal, als ob er Fingerhuts Nichtkenntnis der Abkürzung erraten hätte.

Fingerhut nickt.

Die Umschlagseite des Soldbuchs ist stark verbrannt. Auf dem Foto auf der Innenseite ist Itzlingers Gesicht nicht erkennbar.

»Ich habe alles so belassen, wie Zelter es geordnet hat. Ich habe nichts angerührt«, ruft Habermehl.

Warum hat Habermehl die Sachen nicht zurück ins Archiv gebracht, sie nicht aufgeräumt und warum betont er, dass er nichts angerührt habe, wenn er doch bis Fingerhuts Eintreffen von einem tragischen Unfall Zelters ausgegangen war, fragt sich Fingerhut.

Wie die Kärtchen eines Memory-Spiels legt Fingerhut die vielen Fotos vor sich ordentlich nebeneinander aus. Er nimmt das Schwarz-Weiß-Foto einer Ordensschwester in die Hand. Sie trägt ein Brustkreuz. Er hält es hoch und betrachtet es immer mit der Lupe. Das Kreuz ist mit einem großen Stein besetzt. Fingerhut betrachtet weitere Fotos, viele mit Kindern in Kommunionskleidung, andere mit Brautpaaren, immer wieder mit einer älteren Frau.

»Wer ist sie?«, ruft er Habermehl zu, der einige Meter weiter mit einem Atlanten im Format eines doppelten Großfolio, also einer Buchrückenhöhe von sicherlich 90 Zentimetern, unterwegs ist. Habermehl legt den Atlanten auf einer Kiste ab, schiebt seine Brille von der Nasenspitze vor die Augen, kommt an Fingerhuts Tisch und sagt, dass, ja, die Frau auf dem Foto Maria Itzlinger, Franz Itzlingers Mutter, sei.

»Gibt es da auch einen Nachlass?«, will Fingerhut wissen.

Der schüttelt den Kopf, dreht sich um und geht zurück zu seinem Atlanten.

»Alles, was wir haben, liegt vor dir.«

Fingerhut findet ein Foto mit einer Hochzeitsgesellschaft. Der Bräutigam ist in Uniform. Es ist eine SS-Uniform im Rang eines Obersturmbannführers, was dem Wehrmachtsrang eines Oberstleutnants entsprach. Am äußersten Rand der Gesellschaft erkennt Fingerhut Mutter Itzlinger in etwas jüngeren Jahren. Um Habermehl nicht wieder zu bemühen, geht Fingerhut auf Habermehl zu, der vor dem aufgeschlagenen Atlanten steht und eine Seekarte des Mittelmeerraums betrachtet.

»Wunderschön! Nicht?«, sagt Habermehl und streicht zärtlich über den Seitenrand des doppelseitigen farbigen Kupferstichs. »Der Grosse Atlas über die ganze Welt«, sagt er nickend, »Nürnberg, 1716.«

Fingerhut bestätigt ihm, dass der Erhaltungszustand seines Atlanten von makelloser Frische sei und hält ihm das Foto mit der Hochzeitsgesellschaft hin.

»Der Bräutigam? Ist das nicht derselbe Mann, der in deinem Super 8-Film das Ave Maria von Schubert singt? Nur eben in sehr viel jüngeren Jahren?«

Habermehl zuckt beinahe unmerklich, was der Ablenkung von seinem geographischen Studium geschuldet sein mag, schiebt seine Brille nicht von der Nasenspitze zurück vor die Augen und fragt überflüssigerweise, ob das Foto im Itzlinger-Nachlass gewesen sei. Fingerhut antwortet zunächst nicht, hält Habermehl das Foto unbeirrt vors Gesicht.

»Ja! Hubertus Pöcksteiner. Der Vater von Max Pöcksteiner!«, sagt Habermehl beinahe störrisch.

»Der war bei der Waffen-SS?«, fragt Fingerhut, was Habermehl mit einem Achselzucken und einem »anscheinend« quittiert.

»Und die Braut? Hübsch, sehr hübsch«, sagt Fingerhut und Habermehl stimmt zu.

»Ja, die Agnes Kipfmüller war eine sehr attraktive Frau.«

Fingerhuts Smartphone klingelt. Philomena ist am Apparat. Der Kommissar geht aufgrund der schlechten Verbindung einige Meter an eines der Fenster, öffnet es und lehnt sich hinaus.

»Ja, jetzt höre ich Sie perfekt«, sagt er. »Ungewöhnlich! Bleierz?«

Philomena berichtet, dass das Labor unter Doktor Zelters Fingernägeln und an seiner Kleidung Staubpartikel von Bleierz habe isolieren können.

»Okay! Ich erwarte Sie morgen hier in Schnait. – Gut, morgen Nachmittag. Ich reserviere Ihnen ein Zimmer in meinem Gasthof. – Wie? – Ja, ›Zum Goldenen Einhorn‹. Wir können dann ja kurzfristig telefonieren.«

# XVIII

Am Abend sitzen Fingerhut und Habermehl an dem großen Holztisch in der Wirtsstube des Gasthofs, trinken Bier und essen Hausmannskost. Fingerhut ist immer stärker davon überzeugt, dass die Antworten auf Zelters Tod in der Biografie von Franz Itzlinger liegen. Er will mehr über dessen Herkunft und seinen familiären Background erfahren.

»Einfache Leute, glaube ich«, sagt Habermehl kurz, schiebt sich eine Gabel in den Mund, kaut und erklärt schließlich, dass die Itzlingers wohl ihr Auskommen hatten, der Vater Schmied gewesen sei, der Dorfschmied, die Mutter im Haus und auf dem Feld gearbeitet hätte.

»Sie bewirtschafteten ein kleines Stück Land.«

Fingerhuts Frage nach Geschwistern beantwortet Habermehl kopfschüttelnd, sich mit der Serviette über die fettglänzenden Lippen wischend. Er bläht die Wangen, entlässt Luft, stößt ganz vorsichtig auf, macht eine entschuldigende Geste mit der rechten Hand, faltet die Serviette und erklärt, dass der Franz Itzlinger ein Einzelkind gewesen sei.

»Das war ungewöhnlich. Früher hatten die Leute meist vier, fünf, manchmal sechs ... auch zehn Kinder.«

»Als Altersversicherung!«, wirft Fingerhut ein. »Und wegen der vielen Arbeit.«

»Da wurde jede Hand gebraucht«, pflichtet Habermehl bei, »die Mädchen im Haushalt, beim Vieh auf der Weide, im Stall.«

»Und die Jungs auf dem Feld!«, ergänzt Fingerhut und gibt einem jungen, sehr hageren Kellner ein Zeichen, dass er noch ein Bier wolle, zeigt auch auf Habermehls fast leeres Glas, worauf dieser nickt.

»Auf dem Feld, bei den Köhlern im Wald und, auch wenn es verboten war, im Silberbergwerk. So war das.«

»Im Silberbergwerk?«, fragt Fingerhut neugierig.

Habermehl erklärt Fingerhut, dass Menschen seit dem Mittelalter in den Wäldern rund um Schnait und Zellach meist schmale, niedrige Stollen ins Erdreich getrieben und nach Silber geschürft hätten; wurden sie fündig, bauten sie Stollen.

»Die letzte Silbermine wurde im Ersten Weltkrieg geschlossen, nicht, weil die Männer fehlten, die Felder zu bestellen und die Buben die Arbeit der Väter machen mussten, sondern, weil der Boden nichts mehr hergab.«

»Das Leben war hart«, kommentiert Fingerhut.

Habermehl erzählt noch, dass Franz Itzlingers Vater im Ersten Weltkrieg gefallen war und die Mutter den Franz zu den Jesuiten gab, kein Schulgeld bezahlen musste, weil er als hochbegabtes Kind galt.

»Sie ging als Köchin in Stellung bei reichen Bauern.«

# XIX

Das Zimmer liegt im Halbdunkel, wird allein von dem einfallenden Licht aus dem angrenzenden Badezimmer ein wenig erhellt. Don Prospero hat ein großes Badelaken aus Baumwolle um die Hüften gegürtet. Er kniet auf einer Bank nieder und schaut schräg nach oben auf einen Hausaltar mit einer geschnitzten Gottesmutter, die das Jesuskind auf dem Arm trägt, auf beiden Seiten von einem geschnitzten Engel flankiert. Die Engel tragen Posaunen und stehen auf Sockeln. Darauf sind Worte in goldgefasste Lettern eingraviert, einmal »Te Deum laudamus!« und einmal »Gloria in excelsis!«. Die Gottesmutter steht auf einem erhöhten Sockel, in dessen Seite ein messingfarbener Metallstift steckt. Don Prospero legt den Stift um. Auf das metallene Geräusch einer einsetzenden Spieluhr folgt die Melodie des marianischen Liedes »Salve Regina«. Don Prospero betet seiner Gewohnheit entsprechend auf Deutsch und auf Latein:

»Sei gegrüßt, o Königin,
Mutter der Barmherzigkeit,

unser Leben, unsre Wonne
und unsere Hoffnung, sei gegrüßt!«

»Salve, Regina,
mater misericordiae;
Vita, dulcedo et spes nostra, salve.«

Der Priester hebt eine aus Schnüren und Knoten bestehende Peitsche, eine Geißel, vom Dielenboden auf und schlägt sich rhythmisch auf den Rücken. Seine Stimme erfährt ein Crescendo vom ruhigen Rezitativ zum schmerzvollen Ausruf und entspricht damit der zunehmenden Intensität der Schläge.

»Zu dir rufen wir verbannte Kinder Evas;
zu dir seufzen wir trauernd und weinend
in diesem Tal der Tränen.«

»Ad te clamamus, exsules filii Hevae.
Ad te suspiramus, gementes et flentes
in hac lacrimarum valle.«

Auf ein jedes Knallen der Peitsche folgt ein Schmerzensschrei, in dem sich Entzücken, gar Lust versteckt. Don Prosperos Stimme überschlägt sich im Schmerz. Die Tonzungen, die im Kamm der Spieluhr sitzen, sich ohrenfällig nur widerwillig von den Stiften der

Walze zum Klingen bringen lassen, begleiten die Selbstgeißelung mechanisch.

»Wohlan denn, unsre Fürsprecherin,
deine barmherzigen Augen
wende uns zu ... «

»Eia ergo, Advocata nostra,
illos tuos misericordes oculos
ad nos converte.«

Lina Dorn sitzt wutentbrannt auf ihrem Bett, hält sich die Ohren zu, springt bald hoch, klettert auf einen Stuhl und haut mit einem Schemel gegen die Zimmerdecke.

Die Geißel saust lebhaft durch die Luft und ihre Schnüre und Knoten knallen dem Willen ihres Herrn entsprechend auf dessen Rücken. In Don Prosperos Gesicht spiegeln sich die lustvolle Verzückung des selbstzugeführten Schmerzes und die damit einhergehende Vergebung aller Sünden wider.

» ... und nach diesem Elend zeige uns Jesus,
die gebenedeite Frucht deines Leibes.«

» ... et Jesum, benedictum fructum ventris tui,
nobis post hoc exsilium ostende.«

Auf den Fluren des Pfarrhauses echot ein letzter Peitschenknall wider und Don Prosperos Stimme erstickt in einem Weinkrampf.

»... O gütige, o milde, o süße Jungfrau Maria.«

»... O clemens, o pia, o dulcis virgo Maria.«

Rickey sucht Schutz bei Fanny, die in der allein vom Mondlicht erhellten Küche letzte Arbeiten verrichtet. Der Junge duckt sich, wie so oft, zwischen ihren Armen weg.

# XX

»Wo sind Sie? Azikiwe?«, ruft Fingerhut in sein Smartphone. »Ich soll aus dem Fenster schauen?«

Der Kommissar tritt an sein Zimmerfenster und blickt hinunter in den Garten und weiter auf einen dahinterliegenden Parkplatz, wo Azikiwe in Fingerhuts offenem Mercedes sitzt und winkt.

»Okay! Ich bin gleich bei Ihnen.«

Sie fahren aus Schnait hinaus über Land und um den See. Sie unterhalten sich über Alltäglichkeiten. Azikiwe gestikuliert, zeigt nach links, nach rechts, spricht, wobei Fingerhut nicht alles versteht und wegen des Fahrtwinds öfters nachfragen muss. Die Landstraße verlässt die langen Geraden und windet sich in eng aufeinanderfolgenden Kehren bis hinauf zum Schafskopf. In einer Kurve unter dem Bildstock mit Marienfigur und Christuskind stoppt Azikiwe den Benz. Fingerhut sucht nach Spuren. Reifenprofile sind mit den Resten getrockneter Erde auf den Asphalt gezeichnet, wahrscheinlich von Einsatzfahrzeugen der Feuerwehr, vom Krankenwagen und Abschleppdienst.

»Der Bauer hatte den Alfa bereits mit dem Traktor hier hoch auf die Straße geschleppt. Mein Chef, Annas Vater, hat ihn dann übernommen und zu uns in die Werkstatt gebracht.«

Isidor Fingerhut läuft den steilen Hang hinunter. Er rutscht auf dem feuchten Gras. Lina hatte recht: Kaum hundert Meter weiter stehen die Bäume einer Streuobstwiese. Alte Bäume, sich selbst überlassen in ungewisser Erwartung ihrer Zukunft. An einem Apfelbaum ist die Rinde verkohlt, die Wiese rundum verbrannt. Nach der Ortsbegehung fahren Fingerhut und Azikiwe zurück nach Schnait. Am Ortsrand halten sie in einem Wohngebiet mit älteren Häusern auf großen Grundstücken. Azikiwe lädt Fingerhut in sein Haus ein. Sie sitzen mit Anna auf der Gartenterrasse. Lea spielt mit dem Hund Isabella im Gras. Plötzlich schaut Gusti vom Nachbargrundstück über die Hecke zu ihnen rüber.

»Komm, setz dich ein bisschen zu uns«, ruft Anna.

»Habt ihr einen Gast?«, fragt Gusti und kommt durch ein schmales Tor, das beide Grundstücke verbindet.

»Wir kennen uns doch!«, grüßt Fingerhut und zählt die beiden Gelegenheiten auf, an denen sie sich bereits begegnet sind.

»Aber ja. Der Herr vom Schloss. Oben, im Sitzungssaal beim Habermehl Ignaz. Und das Frühstück hab' ich Ihnen auch gebracht. Am Montag. Ins Turmzimmer.«

Anna und Fingerhut trinken Bier, Azikiwe Coca Cola. Lea kommt an den Tisch und nippt an einem großen Glas, das sie mit beiden Händen halten muss.

»Möcht'st auch eins?«, fragt Anna und zeigt auf ihr Weizenbierglas.

Gusti verneint, überlegt kurz, zögert, widerspricht sich sogleich und entscheidet, es so wie der alte Pfarrer Itzlinger zu halten, der immer ein Bier spätnachmittags vor der Messe um halb sieben und eins vor dem Zubettgehen getrunken hat. Gusti hat Pfarrer Itzlinger offensichtlich gut gekannt.

»Sie war Itzlingers Haushälterin«, sagt Anna, Fingerhuts Gedanken erahnend.

»Sechzehn Jahre lang. Er ist in meinen Armen gestorben«, ergänzt Gusti.

Fingerhut ist sofort sehr interessiert und fragt vorsichtig, einfühlsam, ob sie mehr erzählen wolle.

»Warum? Was geht Ihnen das an?«, antwortet Gusti und lässt Fingerhuts Frage wie einen Ball von einer harten Wand zurückprallen.

Wahrscheinlich etwas hilflos in die Runde blickend, versucht Fingerhut den Ball aufzufangen und sagt, was Anna und Azikiwe bereits wissen: dass er nicht im Urlaub sei, sondern Kriminalhauptkommissar aus Bayreuth und im Fall Mateusz Zelter ermittele und sich für die Arbeit von Doktor Zelter interessiere und diese ja wohl mit Pfarrer Itzlinger zu tun habe.

»Doktor Zelter ist nicht an den Folgen des Unfalls gestorben«, sagt Fingerhut.

Gusti reißt die Augen weit auf, nickt fortgesetzt und bekreuzigt sich.

»Zelter war zum Unfallzeitpunkt bereits tot«, sagt Fingerhut. »Er ist verdurstet.«

»Verdurstet?«, schreit Gusti ungläubig und fasst mit der rechten Hand nach dem schlichten Holzkreuz, das im Ausschnitt ihrer Bluse baumelt.

»Hatten Sie Kontakt zu Doktor Zelter?«

»Ich hab doch noch seine Sachen zusammenpacken müssen«, sagt sie leise, beinahe in sich gekehrt.

»Seine Sachen? Sie haben seine Sachen gepackt? Wann?«

»Am Tag, als der Doktor abgereist, nicht mehr in den Gasthof zurückgekommen ist«, antwortet Gusti mechanisch mit abwesender Stimme. »Der Juniorchef, der Karl-Friedrich, hatte es angeordnet.«

Fingerhut hält inne, er wiegt den Kopf hin und her, ist nachdenklich.

»Hatte Doktor Zelter Sie über Pfarrer Itzlinger befragt?«

Gusti zögert, trinkt vom Bier, das ihr Anna hingestellt hat. Sie wischt sich schließlich mit dem Handrücken über den Mund.

»Ja! Ich hab' ihm von den Jahren mit Pfarrer Itzlinger erzählt«, sagt sie wieder ganz anwesend, entschlossen, Zeugnis abzulegen. »Ich war einundzwanzig, als ich meinen Dienst bei ihm angetreten habe. Ich hab' ihm meine Jugend geopfert.«

Unglücklicherweise unterbricht Anna Gusti an dieser Stelle.

»Gusti, quäl dich doch nicht«, sagt sie mitfühlend und ergänzt, dass den Kriminalhauptkommissar sicherlich andere Dinge interessieren.

Gusti nickt, dreht den Kopf zurück zur Hecke und dem Tor zum Nachbargrundstück, als Fingerhut, Anna eilig widersprechend, Gusti rückversichernd sagt, dass, nein, es absolut »Okay!« gehe und sie doch weiter erzählen solle.

Gusti dreht den Kopf zurück und Fingerhut zu, nickt wieder, dreht das leere Bierglas in den Händen, stellt es auf den Tisch, bleibt Gott sei Dank sitzen.

»Na, es gab viel zu tun, im Pfarrhaus. Das hab ich dem Doktor Zelter erzählt. Und, dass ich keine Zeit hatte, auf meinen Onofrio aufzupassen. Hätt' ich nicht so viel arbeiten müssen, das junge Flitscherl aus der Stadt hätte keine Chance gehabt.«

Anna unterbricht Gusti ein zweites Mal und Fingerhut schaut Anna flehend an, dies zu unterlassen, was Azikiwe irgendwie erahnt und seiner Frau einen Blick zuwirft, der leider zu spät kommt.

»Gusti! Sie war kein Flitscherl. Sie war eine ... «

»Ja, ja. Ich weiß. Ich weiß es und weiß es besser als alle hier«, sagt Gusti aufgebracht und hält Anna ihr leeres Bierglas hin.

»Was war Pfarrer Itzlinger für ein Mann?«, fragt Fingerhut, nachdem Gusti die ersten Schlucke ihres zweiten Glas Bier getrunken hat.

»Er schrieb viel. Er schrieb den ganzen Tag. Er sprach wenig«, sagt Gusti schließlich und, als ob sie von einem Freund spreche, den sie seit langer Zeit aus den Augen verloren hat, fügt mit einem Schmunzeln und dem Kopf leicht nach hinten gen Himmel geneigt hinzu, dass der Pfarrer eigentlich nur in der Messe oder, wenn Menschen zu ihm kamen, ihn um Rat oder um Hilfe baten, sprach.

Nun will Fingerhut mehr erfahren, Gustis Redefluss, den Spannungsbogen nicht abreißen lassen.

»Hat er je vom Krieg gesprochen?«

»Vom Krieg?«, antwortet Gusti sehr erregt und schüttelt heftig den Kopf.

»Manchmal bekam er Besuch. Einmal von der italienischen Ordensschwester ... Sie hatte diesen verdammt langen Namen.«

Nach einer kurzen Pause und den letzten Schlucken Bier sagt Gusti mit ruhiger Stimme, dass die Ordensschwester, die Äbtissin, eine liebenswürdige alte Dame war, die deutsch sprach. »Nicht perfekt aber ... «

Gusti erzählt, dass Pfarrer Itzlinger an den Tagen, an denen die Äbtissin zu Besuch im Pfarrhaus war, ein Kreuz auf der Brust trug.

»Ich hatte es nie zuvor gesehen. Es sah sehr wertvoll aus. Ein Kreuz aus Gold mit einem großen Stein. Der funkelte so rot und violett ...«

» ... ein Amethyst, Symbol der Keuschheit«, suggeriert Fingerhut.

Es handelt sich offensichtlich um das Brustkreuz, das Fingerhut auf Doktor Zelters Tisch im Nachlass von Franz Itzlinger gesehen hat. Ein Pektorale, das eigentlich nur Bischöfe, Äbte von Klöstern und Äbtissinnen tragen.

»Woher hatte er das Kreuz? Hat er das erwähnt?«, fragt Fingerhut.

Gusti schüttelt den Kopf, steht auf, sagt, dass sie gehen müsse, dass sie in der Küche vom »Einhorn« erwartet wird. »Ich muss da helfen.«

Lorenzo kommt vom Fußballspielen zurück. Als Gusti ihn fragt, wie viele Tore er denn geschossen habe, antwortet der Junge, dass er keine Tore schießen würde. »Ich bin der Torwart.«

Damit ist das Gespräch abgebrochen und Gusti geht durch das Gartentor zurück aufs Nachbargrundstück.

Anna widmet sich den Alltäglichkeiten, ordnet an, dass Lorenzo vor dem Essen unter die Dusche gehen solle, verkündet, dass sie in die Küche gehen wolle, um das Abendessen vorzubereiten.

»Du bleibst doch?«, fragt sie Fingerhut. Seine Zustimmung voraussetzend, antwortet Azikiwe an Fingerhuts Stelle prompt mit einem »Natürlich bleibt der Kommissar!« Fingerhut nickt wortlos.

»Lea! Lass den Hund jetzt. Komm, hilf mir in der Küche.«

# XXI

Der Tisch ist mit Tellern, Bestecken und Gläsern eingedeckt. In der Tischmitte steht eine Rolle Küchenpapier auf einem Holzbock, allerlei Getränke, Weizenbierflaschen, Cola-Dosen und Mineralwasser in einem Weinkühler.

»Die Kinder essen im Wohnzimmer. Sie wollen noch ein wenig Fernsehen«, sagt Anna, als sie aus dem Haus zurück auf die Terrasse kommt. Sie trägt ein großes Tablett mit den Zutaten einer rustikalen Brotzeit: Fleischsalat, eingelegte Gurken, Schinken und Käse, Tomaten, heiße Rindswürstchen in einem Stahltopf, scharfer Senf, aufgeschnittenes Brot.

Anna erklärt Fingerhut, dass Gusti sich zuweilen etwas grantig gibt, aber eine Seele von Mensch ist. Fingerhut sagt, dass sie bereits am Samstag im Bibliothekssaal im Schloss Anspielungen gemacht habe, die Habermehl aber abgewürgt hätte.

»Sie hat wohl ein schweres Leben gehabt.«

Anna erklärt, dass Gusti den Mann, den sie liebte, an eine andere verloren hatte.

»Onofrio hat sie sitzen lassen.«

»Onofrio! Der Hausdiener im ›Einhorn‹? ... «, fragt Fingerhut überrascht.

»... unser Küster und Totengräber ...wenn's dann mal soweit ist«, vervollständigt Azikiwe, zieht an seiner Pfeife und bläst den schweren Rauch, der nach Myrrhe, Leder und Vanille duftet, ein letztes Mal in die Abendluft, bevor er sich eine Brotscheibe nimmt, mit Butter bestreicht und eine Rindswurst aus dem Topf mit einer Gabel ansticht.

Anna fährt fort und fasst zusammen, dass Onofrio Anfang der 90er-Jahre eine junge Weißnäherin aus einem kleinen Betrieb in Zellach kennengelernt hatte.

»Als die nach ein paar Jahren schwanger wurde, hat er sie geheiratet und die ›ewige‹ Verlobung mit Gusti gelöst.«

»Und wo ist Onofrios Frau jetzt?«

Azikiwe beißt in seine Wurst.

»Tot. Nach der Entbindung des zweiten Kindes kam es zu massiven Hirnblutungen. Onofrios Frau starb.«

»Er hat das nie verwunden«, sagt Anna.

Azikiwe erzählt von Onofrios Alkoholismus und, schlimmer, davon, dass Onofrio das Kind für den Tod der Mutter verantwortlich machte.

»Ein Junge. Rickey.«

»Rickey ist Onofrios Sohn?«, fragt Fingerhut überflüssigerweise, nicht, weil er eine Antwort erwartet, vielmehr, weil er seiner totalen Verwunderung darüber Ausdruck geben will.

»... und Fanny seine Tochter«, sagt Azikiwe und beißt ein zweites Mal in seine Rindswurst.

»... und Don Prospero ist Rickeys Vormund«, vervollständigt Anna das abendliche Briefing.

»Sein Vormund?«, wiederholt Fingerhut entgeistert.

Fingerhut erfährt, dass Onofrio aggressiv, ja, auch gewalttätig wurde, wenn er getrunken hatte, dass er immer wieder eine Gefahr für den Jungen dargestellt und Fanny bereits mit zwölf Jahren die Mutterrolle hatte übernehmen müssen, sie Rickey viele Male vor dem eigenen Vater beschützt und gerettet hätte.

»Schließlich kam Onofrio in die Psychiatrie des Landeskrankenhauses. Er machte einen Entzug«, sagt Azikiwe.

»Erfolgreich!«, kommentiert Fingerhut und Anna erwiderte ein einschränkendes »Bisher!«

Fingerhuts Smartphone klingelt. Es ist Philomena.

»Du bist mit dem Dienstwagen hier? Okay, das ist gut!«, sagt Fingerhut. »Wo? Auf dem großen Parkplatz?«

Azikiwe souffliert leise einen Straßennamen. Fingerhut nickt.

»Komm am besten in den Bürgermeister-Alfons-Ertl-Weg. Ja, das ist etwas außerhalb des Ortskerns, unweit des Sees. Ich bin hier bei ... «, Fingerhut zögert einen Sekundenbruchteil, »... bei Freunden, neuen Freunden. Also, du hast ja ein Navi. Gut! Ja, Bürgermeister-Alfons-Ertl-Weg 38. Im Gasthof einchecken kannst du später.«

Minuten darauf klingelt eine Türglocke. Philomena betritt die Terrasse. Fingerhut stellt sie als seine Assistentin, Kriminalhauptmeisterin Miyakawa, vor.

»Möchten Sie etwas essen?«, fragt Anna Philomena freundlich.

Philomena nickt, will sich die Hände waschen, geht mit Anna ins Haus zurück und erscheint Minuten später zurück auf der Terrasse, gefolgt von Anna, die einen weiteren Teller mit Besteck und ein Glas auf den noch eingedeckten Tisch stellt.

»Neuigkeiten?«, fragt Fingerhut.

»Ich habe einen Anruf von unseren Münchener Kollegen ... «, beginnt Philomena zögerlich.

»Sie können offen sprechen«, sagt Fingerhut ermunternd. »Anna und Azikiwe sind ortskundig und mir von großer Hilfe.«

»Es hat ein Einbruch ins Zeitgeschichtliche Institut an der Ludwig-Maximilians-Universität in München stattgefunden«, sagt Philomena, »am Dienstag letzter Woche!«

»Drei Tage nach Zelters plötzlicher Abreise und drei Tage vor seinem Unfall«, präzisiert Fingerhut hochkonzentriert.

»Genau!«, erwidert Philomena und sieht in der Runde Anna und Azikiwe in aufrechter Sitzhaltung sie mit leicht geöffneten Lippen erwartungsvoll fixieren.

»Und was ist gestohlen worden?«, fragt Fingerhut.

»Post!«, ruft Philomena. »Die Post der Dozenten und Professoren lag verstreut auf dem Boden des Instituts; aber nur die eines Empfängers fehlte.«

»Die von Doktor Mateusz Zelter«, sagt Fingerhut keinesfalls überrascht, während sich Anna in ihrer Terrassenliege zurückfallen lässt und Azikiwe nachdenklich den Rauch seiner reaktivierten Pfeife in Richtung einer Lampe bläst, um die Nachtfalter und Motten schwirren.

# XXII

Am frühen Vormittag des nächsten Tages beobachtet Fingerhut Karl-Friedrich, den Junior-Chef des Gasthofs »Zum Goldenen Einhorn«, wie der aus einem gusseisernen Briefkasten, sicherlich einer Replik aus der Kaiserzeit, neben der Rezeption allerlei Ansichtskarten nimmt. Karl-Friedrich, dem die Aufmerksamkeit Fingerhuts nicht entgeht, fragt etwas unschlüssig, ob alles in Ordnung sei. »Sie haben gut geschlafen. Das Frühstück war in Ordnung?«

Fingerhut nickt.

»Das ist Post, die Ihre Hausgäste hier einwerfen, richtig?«

»Ja! Das ist ein Service, den wir anbieten. Sie kaufen die Ansichtskarten – Briefe schreibt ja niemand mehr – entweder hier bei uns oder im Ort. Briefmarken verkaufen wir an der Rezeption. Wir übergeben die Sachen dann der Postbotin, die jeden Morgen vorbeikommt.«

In diesem Moment klingelt eine Fahrradklingel.

»Das wird sie sein!«, ruft Karl-Friedrich und geht Richtung Ausgang.

Fingerhut folgt ihm.

Als Philomena die Treppe herunterkommt, ruft Fingerhut ihr schnell zu, dass sie sich zum Frühstück in den Garten setzen soll.

»Da ist es am schönsten. Immer geradeaus.«

Vor dem Gasthof steht eine Postbotin auf einem Elektrorad mit Boxen und Taschen, die jeweils einmal vorn, einmal hinten montiert sind.

»Mach bitte schnell! Ich muss weiter«, sagt sie dem ankommenden Karl-Friedrich, der eine Anzahl von Ansichtskarten in der Hand hält, die sich durch Größe und Form unterscheiden. Eine Karte sticht heraus, die ein Hologramm des Michelangelo-Kruzifixes umgeben von psychedelischen Farben beinahe geisterhaft, dreidimensional aus dem plastifizierten Papier heraustreten lässt.

Karl-Friedrich reicht der Postbotin die Karten und nimmt ein paar Briefe, Zeitschriften und ein kleines Päckchen entgegen.

»Darf ich Sie etwas fragen?«, fragt Fingerhut.

»Wirklich, ich muss weiter!«

»Nur eine Sekunde«, sagt Fingerhut, wendet sich Karl-Friedrich zu und bittet auch ihn einen Moment zu warten. Fingerhut gibt sich als Kriminalhauptkommissar zu erkennen.

Die Postbotin stellt ihren Elektromotor ab und seufzt: »Was gibt es?«

»Ist Ihnen vielleicht oder Ihnen, Karl-Friedrich, ein Umschlag oder ein ähnliches Poststück, also keine Ansichtskarte, aufgefallen, die Doktor Zelter am Tag seines ... «, Fingerhut unterbricht sich und vermeidet das Wort »Verschwindens«, » ... seiner Abreise, also am 1. September, in den Briefkasten im Haus geworfen hat?«

»Nein! Doktor Zelter hat Briefmarken gekauft, aber ein Umschlag ist mir nicht in Erinnerung. Im Briefkasten sind nie Umschläge, nur Karten. Auch total verrückte«, sagt Karl-Friedrich und deutet auf das Hologramm mit den psychedelischen Farben, das die Postbotin oben auf den Stapel steckt.

»Ich erinnere mich«, sagt die Frau plötzlich, schiebt ihre Mütze zurück und nimmt die Sonnenbrille ab, »an einen Mann, der mir eine bunte Versandtasche aus Plastik mitgab, wasserdicht. Ich sagte ihm noch, dass er zu viel Porto aufgeklebt hätte, dass der Umschlag doch nur nach, ich glaube München, gehe und nicht in ein, was weiß ich, außereuropäisches Land.«

Gäste reisen an. Sie ziehen schrankgroße Koffer hinter sich her. Wie aus dem Nichts erscheint Onofrio und übernimmt das schwere Gepäck. Karl-Friedrich entschuldigt sich und begleitet die Neuankömmlinge zur Rezeption.

»Was meinen Sie mit bunt? Farbig?«, fragt Fingerhut die nervös auf ihre Uhr schauende Postbotin.

»Mit Vögeln, Kranichen, glaube ich, ganz bunt bedruckt«, antwortet sie und betont, dass sie weiter müsse, wirklich keine Zeit mehr habe.

Fingerhut geht zurück an die Rezeption, wo Karl-Friedrich den neuen Gästen auf einem Faltblatt mit Stadtkarte die Highlights von Schnait mit einem roten Filzstift markiert, während Onofrio die Koffer in einen Aufzug bugsiert, der hinter einer hölzernen Wandverkleidung versteckt ist.

Karl-Friedrich begleitet die neuen Gäste über die Stiege hinauf in den nächsten Stock und erklärt, dass der Aufzug nur selten benutzt wird, nur den Gästen mit Behinderungen zur Verfügung stehe und, aber nur in Ausnahmefällen, für den Transport schwerer Gegenstände benutzt werde, weil das Haus alt sei, aus dem sechzehnten Jahrhundert, und der Aufzug leider störend laut.

Als Karl-Friedrich in Begleitung von Onofrio kaum zwei Minuten später zurück an der Rezeption erscheint, fragt ihn Fingerhut, ob Doktor Zelter seine Abreise denn angekündigt hatte.

»Nein!«, platzt es aus Karl-Friedrich heraus, was Onofrios immer versteinertes Gesicht offensichtlich beunruhigt zusammenzucken lässt. »Doktor Zelter hatte nichts von einer Abreise gesagt. Er hat Briefmarken gekauft, keine Postkarten, nur die Marken. Danach ist er zum Frühstück gegangen. Es war schon spät, nach zehn. Das Wetter war wundervoll. Er wollte sich auf die Terrasse im Garten setzen, sagte er noch.«

Philomena kommt an die Rezeption.

»Kompliment! Ein wundervolles Frühstück. Sogar Miso-Suppe, Tofu, gerolltes Omelette und roter Bohnenreis«, sagt sie anerkennend.

»Wir haben sehr viele Kunden aus Japan und Japaner aus Düsseldorf, die sich über das kulinarische Angebot freuen«, erklärt Karl-Friedrich.

»Und wann hat er Ihnen seinen Abreisewunsch mitgeteilt? Nach dem Frühstück?«, fragt Fingerhut.

»Nein, nach dem Mittagessen. Und nicht persönlich. Ich habe eine WhatsApp von ihm erhalten.«

»Eine WhatsApp? Und die kam von Zelters Smartphone?«, fragt plötzlich Philomena freundlich, doch mit der Schnelligkeit, die ein Verhör einläutet.

»Das nehme ich doch stark an! Wer sollte denn sonst ... ?«, antwortet Karl-Friedrich verwundert.

»Sie wissen es also nicht?«, kontert Fingerhut.

»Doch! Das Profilbild zeigte ja das Logo der LMU, der Ludwig-Maximilians-Universität.«

»Ein Profilbild kann jeder hochladen. Haben Sie danach die Nummer, von der die WhatsApp abgeschickt worden war, mit dem Check-in-Formular verglichen?«

»Daran habe ich überhaupt nicht gedacht«, sagt Karl-Friedrich beinahe empört, weil Fingerhut mit seiner Frage die Verletzung einer Sorgfaltspflicht suggeriert, »Nein! Das Zimmer lief auf die LMU. Das Institut für Zeitgeschichte hatte es reserviert und die Kostenübernahme bei Reservierung erklärt.«

»Und woher hatte Doktor Zelter Ihre Nummer?«, will Philomena wissen.

»Sie steht auf unserem Hausprospekt, für den Notfall. Wissen Sie, wir sind ein Drei-Sterne-Haus, haben keinen Nachtportier. Ich bin daher immer erreichbar. Stets im Dienst«, sagt Karl-Friedrich entschlossen wie jemand, der sich aus einer lästigen Verstrickung befreien, etwas unangenehm Klebriges abstreifen will.

»Können wir die Nachricht sehen. Ist sie noch auf Ihrem Handy?«, fragt Philomena versöhnlicher.

»Nein. Ich glaube nicht«, antwortet Karl-Friedrich resigniert und schaut zu Onofrio, der die ganze Zeit dabeigestanden und offensichtlich interessiert zugehört hat. »Was starrst du mich so an? Hast du nichts zu tun? Hilf Gusti beim Abräumen der Tische. Geh!«

»Gusti ist heute nicht im Dienst. Sie hat einen freien Vormittag. Ihre Frau Mutter ist fürs Frühstück verantwortlich«, antwortet Onofrio mechanisch.

»Natürlich!«, sagt Karl-Friedrich, während er auf seinem Smartphone die Nachrichten checkt. »Dann hilf eben meiner Mutter.«

Onofrio zögert, dreht sich weg und geht sehr langsam den Gang entlang zum Frühstückszimmer.

»Nein. Nichts. Leider. Es tut mir leid«, hört Onofrio Karl-Friedrich noch sagen.

»Ich beantrage über den Staatsanwalt, den Nachrichtenverlauf ab Vor- bis Nachmittag des 1. September auf Ihrer Handynummer einsehen zu können«, sagt Fingerhut.

»Das geht viel einfacher! Wenn Herr Fischer ... «, Philomena deutet auf Karl-Friedrich, » ... damit einverstanden ist?«

Der nickt etwas unsicher und reicht Philomena sein Smartphone. Sie erklärt, dass WhatsApp jeden Tag automatisch eine Sicherung erstellt, in der alle Nachrichten jeden Android Smartphones enthalten sind und es ausreicht die WhatsApp zu deinstallieren, sie umgehend neu zu installieren und den Messenger zu starten.

»Nun richte ich WhatsApp mit Ihrer verifizierten Telefonnummer wie bei der ersten Installation ein«, sagt Philomena, schaut auf Karl-Friedrich, der Philomena seine Nummer souffliert und lässt ihre Finger über das Display huschen.

»Jetzt starte ich WhatsApp und die teilt mir mit, dass eine Sicherungsdatei gefunden wurde«, sagt Philomena noch und reicht Karl-Friedrich sein Smartphone zurück.

»Sie werden nun gefragt, ob Sie die Datei wieder herstellen möchten.«

»Okay«, antwortet Karl-Friedrich.

»Dann müssen Sie auf ›Wiederherstellen‹ klicken!«, fordert Philomena den unsicheren Karl-Friedrich auf.

»Wow!«, ruft Karl-Friedrich. »Hat funktioniert.«

»Großartig!«, komplimentiert sich Fingerhut mit Philomena. »Sie sind ein Kind der digitalen Generation!«

»Hier, hier ist es!«, sagt Karl-Friedrich aufgeregt, während er einem Paar zunickt, das an der Rezeption vorbeigeht und einen Zimmerschlüssel in ein Körbchen auf dem Tresen legt.

»Hier ist es!«, wiederholt Karl-Friedrich triumphierend und hält Fingerhut und Philomena sein Smartphone hin. Tatsächlich zeigt das Profilbild das Logo der LMU in München.

»Ich muss dringend zurück nach München. Bitte lassen Sie meine Sachen zusammenpacken ...«, liest Fingerhut laut vor.

»Das hat Gusti gemacht. Gusti Langhammer«, wirft Karl-Friedrich ein.

Fingerhut nickt und liest weiter.

» ... und bewahren Sie mein Gepäck bis zu meiner Rückkehr in der kommenden Woche auf. Ich melde mich asap. Danke und Gruß, Doktor Zelter.«

Die WhatsApp stammt vom 1. September, 14:32 Uhr

# XXIII

Fingerhut berichtet Philomena von den um einen Tag zeitversetzten, wortidentischen Versuchen von Habermehl am Sonntag und von Pöcksteiner am vergangenen Montag, ihn von der Wahrscheinlichkeit einer Täterschaft aus rechtsextremen Kreisen zu überzeugen, ihn zumindest auf die Fährte zu führen.

»Dann wäre der Fall eine Sache für den Polizeilichen Staatsschutz!«, kommentiert Philomena.

Fingerhut nickt, bleibt stehen und resümiert: »Nehmen Sie an, Sie wollen sich an einer Person rächen, Sie bestrafen ... «

»Sie hinrichten?«, wirft Philomena ein.

Wieder nickt Fingerhut.

»Dann tue ich das in einer direkten Aktion, nehme eine Waffe, fahre zum Opfer und erschieße es, wie im Fall von Lübcke«, mutmaßt Fingerhut.

»Richtig! Wie im Fall von Hanau ... «

» ... oder in Halle«, ergänzt Fingerhut. »Im Fall Zelter aber, hat nicht ein Einzeltäter agiert, hier haben mehrere Personen nach einem genauen Plan zusammengearbeitet. Sie haben den Doktor in eine Falle gelockt, seine urplötzliche Abreise vorgetäuscht, ihn gefangen gehalten, verdursten lassen und den Unfall inszeniert«, sagt Fingerhut.

»Die Umstände hätten sich rechtsextreme Gewalttäter nicht gemacht«, entgegnet Philomena. »Die hätten ihn ganz einfach auf seinem täglichen Fahrradweg in die Uni abgepasst und hinterrücks erschossen, alles gefilmt und das Video ins Netz gestellt.«

»Fahrradweg?«

»Seine Assistentin an der LMU hat mir das erzählt«, erklärt Philomena. »Am Telefon! Unter Tränen. Mateusz Zelter war sehr beliebt.«

Als Fingerhut und Philomena am späten Nachmittag hoch zum Schloss gehen, kommen sie an einem Schreibwarengeschäft mit Kioskartikeln wie Zigaretten und Getränken vorbei. Im Schaufenster hängen an einer zierlichen Metallstange verschiedenste Brustkreuze. Neben aufwendig mit Edelsteinimitaten verzierten Varianten, farbigen Ausfertigungen, sind auch einfache Holzkreuze, gleich dem, das Gusti am Vortag getragen hat, ausgestellt. Fingerhut hält Philomena am Arm fest, geht in den Laden und will Gummibärchen kaufen.

Der Mann hinter der Ladentheke spricht mit einer elegant gekleideten Dame, die sich für ein mit Emaille dekoriertes Brustkreuz interessiert. Als der junge Mann daran zieht, entpuppt es sich als USB-Stick.

»Sie können zwischen 8, 16 und 64 MB Speicherkapazität wählen. Das Basismodel kostet 8 Euro 60.«

Fingerhut runzelt die Stirn, geht zum Schaufenster, das vom Ladenlokal durch eine niedrige, an Messingösen hängende Gardine abgetrennt ist, die auf einer Metallstange laufen, greift darüber nach einem Holzkreuz, das sich ebenfalls als Speicher-Stick entpuppt.

»Einen Moment. Ich bin gleich bei Ihnen«, ruft der junge Mann von der Ladentheke, hält eine Kreditkarte gegen ein Lesegerät, das verheißungsvolle Signaltöne abgibt, reicht der Dame die Karte zurück und eine Tüte und geht auf Fingerhut zu.

»Kriminalhauptkommissar Fingerhut«, sagt dieser, ohne den jungen Mann zu Wort kommen zu lassen. »Sie verkaufen viele von diesen Speichersticks?«

Der junge Mann ist etwas irritiert und fragt nach Fingerhuts Polizeiausweis.

»Ja! Die sind ein großer Erfolg. Nicht nur bei Touristen.«

»Also gehören auch Einheimische zu Ihren Kunden?«, fragt Philomena, nachdem sie sich vorgestellt und auch ihren Ausweis gezeigt hat.

»Sehr viele. Meist ältere Menschen«, erklärt der junge Mann und führt aus, dass die Schnaiter Senioren ihm ihre wichtigsten Papiere, manchmal Fotos, auch Hefte und Tagebücher zum Einscannen und Abspeichern auf dem Brustkreuz-USB-Stick bringen.

»Das ist mein eigentliches Geschäft. Ich hätte das nie geglaubt, aber die Menschen scheinen eine Sintflut oder Vertreibung zu fürchten und wollen das, was ihnen am wichtigsten ist, bei sich tragen.«

Der Verkäufer, dessen Sprache eine hessische Einfärbung hat, erzählt, dass die meisten seiner Kunden gar keinen Computer zuhause hätten.

Fingerhuts Frage, ob er eine Frau namens Gusti Langhammer kenne, bejaht der junge Mann zögerlich: »Ich müsste nachsehen. Ich mache, wenn es der Kunde wünscht, von allen Scans ein Backup«, sagt er und, die Frage von Fingerhut erahnend, wehrt ab, dass er zur Herausgabe von Namen und Dokumenten allein durch einen richterlichen Beschluss verpflichtet werden könne. »Die Datenschutzbestimmungen! Sie wissen das sicher besser als ich«, fügt er noch hinzu und zuckt mit den Schultern.

In den Regalen hinter ihm liegen Versandtaschen, bunt bedruckt.

# XXIV

Gusti ist an diesem späten Nachmittag im Schloss. Sie steht auf einer Trittleiter vor einem offenen Fenster des Kavalierssaals, wo Tage zuvor Habermehl den Super 8-Film vorgeführt hat. Sie putzt die Scheiben mit Essig und Zeitungspapier. Rhythmisches Quietschen begleitet ihr Tun. Von Zeit zu Zeit verweilt ihr Blick auf den Menschen, die sich weit unter ihr im Gassenmäander der Altstadt in jeden Winkel verirren, wieder herausfinden und, gleich Forschern einer Expedition, sich wieder verlaufen, um endlich, glücklich in einem Straßencafé die müden Füße auf dem Schoß ihres noch verliebten Gegenübers auszuruhen.

Gusti steigt von der Leiter und wechselt in einem orangefarbenen, aus längst vergangenen Jahrzehnten stammenden Rekorder die Kassette. Gusti liebt die Musik ihrer Jugend. Leise, um niemanden zu stören, erklingt die Melodie eines Schlagers, der von einem Zug erzählt, der nach Nirgendwo fährt. Sie steigt zurück auf die Leiter. Die Leiter wackelt. Gusti muss sich am Fensterrahmen festhalten. Sie steigt auf den äußeren Fenstersims, streckt sich, balanciert und reicht mit der Hand hoch in den oberen Teil des Fensters, einer im 19. Jahrhundert fest eingebauten Lünette. Sie sollte einen Fensterwischer und Abzieher mit Teleskopstiel benutzen, der reinigt und trocknet. Gusti hingegen zieht es vor, wie in den vergangenen Jahren, in waghalsiger Mission die letzte Rundung des gläsernen Halbmonds zu reinigen. Das Angelusläuten der Marienglocke von Sankt Nicolai setzt ein. Drei Pulse mit jeweils drei Schlägen klingen über Schnait am See im Abstand von einigen Sekunden.

Das Geräusch einer Tür, die sich in Scharnieren leise, ganz leise windet und weite, sicher gesetzte Schritte, die den bunten Marmorboden überqueren, hört Gusti nicht. Eine Windböe bläst ihre Schürze auf, scheint sie gleich einem Ballon in luftige Schwerelosigkeit entführen zu wollen. Gusti hält sich am steinernen Fensterkreuz fest, lässt ein dickes Knäuel Zeitungspapier in die Tiefe fallen, stößt mit dem Fuß eine Essigflasche vom Sims, will zurück auf die Sprossen ihrer Leiter treten, als der Schlager vom Zug nach Nirgendwo plötzlich ohrenbetäubend laut durch den Kavalierssaal brüllt. Zwei Hände ziehen mit einem heftigen Ruck die Trittleiter weg und die großen Vorhänge zu. Gusti reißt die Augen weit auf, stößt einen Schrei aus, der von dem wilden, tosenden Nachläuten der tonhöheren Glocken von Sankt Nicolai mitgerissen wird.

Noch klammert sie sich an das Fensterkreuz in unsicherer Position, als zwischen den Vorhängen dieselben großen Hände nach ihrem Brustkreuz greifen, gegen ihre Beine schlagen und schieben, bis Gustis Hände an der vertikalen Strebe abrutschen, sie mit dem Kopf auf den äußeren Fenstersims knallt und dicht entlang der Schlossfassade in die Tiefe fällt.

# XXV

Als Fingerhut und Philomena unterhalb des Schlosses eintreffen, sind die örtlichen Einsatzkräfte bereits zur Stelle. Ein Krankenwagen und zwei Streifenwagen. Polizisten stehen unterhalb der stadtseitigen Schlossfassade. Fingerhut und Philomena weisen sich aus. Sie bücken sich unter dem rotweißen Absperrungsband hindurch und gehen auf einen Polizeihauptmeister zu, der nach unten in den Schlossgraben blickt, sich die Mütze vom Kopf nimmt und mit einem Taschentuch über sein Gesicht fährt. Habermehl steht abseits. Er hat seine linke Hand zu einer Faust geballt und lehnt mit der Stirn gegen den an einem zierlichen Obstbaum abgestützten Unterarm. Er würgt und erbricht sich. Die rechte Hand hält er in der Außentasche seines Jacketts.

Im Schlossgraben liegt Gusti. Ihre Augen sind weit aufgerissen, haben einen verwunderten Ausdruck. Aus den aufgebissenen Lippen fließt Blut. Ein Arzt klettert die Schräge aus dem Graben hoch. Er rutscht ab, fällt beinahe zurück auf Gusti und auf die Sanitäter, die sie vorsichtig auf eine Trage legen wollen.

»Kriminalhauptkommissar Fingerhut, Polizeipräsidium Bayreuth. Meine Assistentin, Kriminalhauptmeisterin Miyakawa.«

Der Polizeihauptmeister wendet seinen Blick nicht von Gusti ab, streicht sich mit dem Taschentuch über die Glatze, setzt seine Mütze zurück auf den Kopf, steckt das Taschentuch ein und sagt, immer noch ohne Fingerhut und Philomena anzuschauen, dass er gehört hätte, dass sie in seinem Revier ermittelten.

»Sich vorstellen war wohl nicht?«, fragt er sichtlich irritiert und zieht den Arzt die Böschung hoch.

»Wir wollten morgen ganz früh bei Ihnen vorbeikommen«, versichert Fingerhut.

Der Polizeihauptmeister nickt seinen schweren Schädel langsam vor und zurück.

»Sicherlich!«

Der Arzt klopft sich den Schmutz von den Hosen, schwankt kurz und riskiert dabei, ein zweites Mal, diesmal rückwärts, die Böschung herunterzufallen.

»Ein tragischer Unfall!«, sagt der Arzt und stellt sich als Doktor Hans Textor vor, blickt nach oben zu dem geöffneten Fenster, aus dem der Wind die Vorhänge zieht und flattern lässt.

»Natürlich ein Unfall! Gusti hat keinen Selbstmord begangen. Sie stand mitten im Leben«, versichert der Polizeihauptmeister.

Fingerhut pflichtet ihm bei.

»Ja! Bei einem Suizid wäre Frau Langhammer weiter entfernt von der Schlossfassade aufgeschlagen«, kommentiert er und blickt in die Runde fragender Gesichter. »Suizidenten, die eine derart brutale, sagen wir, Methode wählen, handeln oft unter Einfluss von Alkohol und Psychopharmaka. Sie nehmen Anlauf oder stoßen sich ab und springen. Sie lassen sich nicht einfach senkrecht fallen. Das Fallenlassen deutet auf einen Unfall hin.«

Philomena, der Arzt, auch der Polizeihauptmeister blicken nach oben und entlang der Schlossfassade bis zu den im Wind flatternden Vorhängen, die einen sehr lauten, knatternden Ton abgeben.

Die Sanitäter bringen Gustis Leichnam mit Hilfe der Polizisten, die zuvor an der Absperrung gestanden hatten, die Böschung nach oben und legen sie auf dem Grabenscheitel im hohen Gras ab, als wollten sie ihr Zeit zum kurzen Verweilen geben.

»Sie war sofort tot. Aus dieser Höhe ist ein Überleben unmöglich. Selbst bei dieser eher weichen Bodenbeschaffung.«

Fingerhut bückt sich zu dem Leichnam und, ohne ihn zu berühren, sieht die goldfarbene Gliederkette, an der eine Öse mit einem kurzen Gewinde hängt.

»Geht es dir besser?«, fragt der Polizeihauptmeister.

»Geht schon Georg, geht schon!«, antwortet Habermehl.

»Natürlich ist sie gestürzt. Natürlich war es ein Unfall. Sie war beim Fensterputzen. Immer wieder habe ich ihr gesagt, dass sie ... «

»Bringen Sie die Tote ins Pathologische Institut nach Bayreuth zu Professor Ernst Wedekind«, ordnet Fingerhut an. »Ihr Einverständnis vorausgesetzt«, setzt Fingerhut hinzu, während er sich an den Polizeihauptmeister mit Vornamen Georg richtet.

»Und die Kosten?«, fragt nüchtern ein Sanitäter.

»Die trägt unsere Behörde«, rückversichert Philomena breit lächelnd.

»Ich stelle noch rasch den Totenschein aus«, sagt der Arzt, setzt sich neben die Trage ins Gras und schreibt, abgestützt auf seine Tasche, in die Spalte der Todesursache »multiple Schädelfrakturen mit Hirnblutungen in Folge von Sturz aus großer Höhe, wahrscheinliche Verletzungen innerer Organe, mögliche Aortenruptur«.

»Habermehl, was meinen Sie? Wie viele Meter sind das?«, fragt Doktor Textor.

Habermehl zieht die rechte Hand, die er in der Außentasche seines Jacketts gehalten hatte, langsam heraus und blickt hoch zu den im Wind flatternden Vorhängen.

»30, bestimmt 30 Meter«, antwortet er.

# XXVI

»Das ist zuviel für meine Nerven«, sagt Habermehl, während er mit Fingerhut und Philomena die niedrigen Stufen der breiten Treppe im Schloss hochgeht.

»Bleib ruhig! Bleib ganz ruhig!«, sagt Fingerhut. »Ich will mir nur schnell das Unglücksfenster anschauen.«

Als sie in den Kavalierssaal treten, werden die Vorhänge mit einem Knall und einem winselnden Geräusch, was von der verarbeiteten Seide herrührt, als wollte es ein Flehen ausdrücken, etwas nicht zu tun, ins Innere gesogen. Habermehl schreit erschrocken auf und will an der Tür stehen bleiben. Philomena geht ans Fenster, lehnt sich hinaus, blickt nach unten, wo Polizisten im Gras offensichtlich nach etwas suchen.

Auf dem Sandstein vom äußeren Fenstersims sind Abriebspuren und Blutflecke zu sehen.

Philomena rafft die Vorhänge und befestigt sie an einem seitlichen Halter aus feuervergoldeter Bronze.

Auf dem Marmorboden ist Flüssigkeit ausgelaufen. Es riecht streng nach Essig. Weißes Pulver und alte

Zeitungen liegen im Saal verstreut. Kaum einen Meter vom Fenster entfernt stehen Putzmittel in einem Henkelkorb aus Kunststoff neben einer Trittleiter.

»Das soll sich die Spurensicherung anschauen«, ordnet Fingerhut an und bittet Habermehl, den Kavalierssaal abzuschließen.

»Hast du ein Polizeisiegel dabei?«, fragt er Philomena.

Fingerhut, Philomena und Habermehl setzen sich in die Bibliothek um die Tische, an denen Mateusz Zelter den Nachlass von Pfarrer Itzlinger gesichtet und studiert hatte.

»Was wissen wir?«, schickt Fingerhut seinem Resümee voraus. »Ein junger Historiker recherchiert die Biografie eines lang verstorbenen Pfarrers und Kriegshelden. Nach einer intensiven Arbeitswoche reist er ohne Erklärungen urplötzlich ab. Sechs Tage später wird er neben einem brennenden Auto tot aufgefunden. Die Todesursache aber ist nicht der Unfall, sondern Verdursten. Heute wird eine Frau aus dem Fenster gestoßen. Ermordet.«

»Ermordet!«, ruft Habermehl entsetzt. »Es war doch ein Unfall. Gusti ist aus dem Fenster gefallen.«

»Gut! Also ein Unfall«, korrigiert Fingerhut. »Gibt es jemanden, der einen Nutzen aus Gustis Tod zieht?«

»Niemand. Sie war eine einfache Zugehfrau. Eine Arbeiterin. Ein guter Kerl mit Ecken und Kanten«, sagt Habermehl mit einer langsam schwächer werdenden Stimme.

»Sie war aber auch eine Eingeweihte. Eine Frau, die mehr als jede andere in Schnait am See über Pfarrer Itzlinger wusste, und in diesem Wissen lag eine Gefahr. Für wen?«

»Gefahr? Welche Gefahr?«

»Am Morgen seines Verschwindens hat Doktor Zelter einen auffälligen Umschlag bei der Postbotin aufgegeben. Was war der Inhalt?«, fragt Fingerhut. »Was kann darin gewesen sein?«

»Woher soll ich das wissen?«

»Vielleicht ein Tagebuch von Itzlinger?«, wirft Philomena unvermutet ein.

»Nein! Die Tagebücher aus seiner Amtszeit sind vollständig hier«, sagt Habermehl und zeigt auf mehrere Stapel dunkelblauer Kladden.

»Was dann? Briefe, Dokumente aus seiner Zeit als Kriegspfarrer in Italien?«, insistiert Philomena.

»Ich weiß es nicht!«, entrüstet sich Habermehl mit einem leichten Flehen in der Stimme, das darum bittet, ihn aus dieser misslichen Lage eines gerade begonnenen Verhörs zu entlassen, gerade an einem Tag wie diesem, der von der Katastrophe um Gustis Tod bestimmt wird.

»Vielleicht persönlichste Aufzeichnungen eines Mannes, der, so Gusti, wenig sprach«, sagt Fingerhut, wobei er sich von seinem Stuhl erhebt und beginnt, langsam, ja, bedächtig die Tische zu umrunden. »Aufzeichnungen, die Gusti hat einscannen und auf einem USB-Stick abspeichern lassen?«

»Unsinn! Gusti wusste nicht einmal, was ein Scan ist. Sie war eine einfache Frau!«, widerspricht Habermehl angestrengt. »Eine einfache Frau!«

Fingerhut pirscht sich, gleich einem Jäger, vorsichtig, sehr vorsichtig an Habermehl heran, der, nervös und von den Fragen abgelenkt, sich auf seinem Stuhl unruhig hin- und herbewegt.

»Einem USB-Stick in Form eines Kreuzes, eines einfachen Holzkreuzes«, flüstert Fingerhut in Habermehls rechtes Ohr. »Ein Holzkreuz wie das in deiner Jacketttasche«, ruft er plötzlich laut und legt dabei blitzschnell, noch bevor Habermehl den Versuch vollenden kann aufzustehen, sich zu befreien, seine linke Hand auf dessen Schulter, drückt ihn zurück auf den Stuhl und greift mit seiner rechten in dessen Jacketttasche: »Wie diesem hier!«

»Das kannst du doch nicht machen! Das ist illegal!«, schreit Habermehl, springt endlich auf und versucht nach dem Holzkreuz zu greifen, das Fingerhut am langen Arm in die Höhe des Raums hält.

»Im Sinne der Gefahrenabwehr darf ich das«, erwidert Fingerhut. »Und zum Schutz meines Freundes Ignaz Habermehl muss ich das tun.«

Habermehl fällt zurück auf seinen Stuhl, fällt in sich zusammen wie ein Schwimmreifen, aus dem die Luft entweicht. »Es hat ja doch keinen Zweck!«, sagt er beinahe erschöpft, mehr im Selbstgespräch als zu Fingerhut und Philomena. »Es war einfach zu schön gewesen, als dass es hätte dauern können«, fährt Habermehl fort und schlägt plötzlich mit der geballten Faust auf den Tisch. »Warum musste Zelter diese alten Geschichten ausgraben? Wem hilft das?«

»Was war so schön?«, fragt Philomena.

Habermehl schaut entgeistert. Er hat Tränen in den Augen.

»Na, was wohl?«, schreit er verzweifelt. »Die Entdeckung des Michelangelo. Die vielen Touristen. Das Geld. Endlich Wohlstand, Anerkennung, raus aus der bedeutungslosen Provinz ins Rampenlicht.«

»Und da stand Gusti im Weg?«, fragt Philomena verwundert.

Habermehl schüttelt verzweifelt den Kopf.

»Gusti hatte auf den Tod von Mateusz Zelter sehr betroffen reagiert. Nachdem sie von dir ... «, Habermehl zeigt auf Fingerhut, » ... erfahren hatte, dass er bereits vor dem Unfall an Verdursten gestorben war, hat sie angekündigt, an Zelters Stelle an die Öffentlichkeit zu gehen, alles publik zu machen.«

»Was wollte sie publik machen?«, fragt Philomena spontan.

Fingerhut signalisiert ihr innezuhalten. Er geht an eines der großen Fenster der Schlossbibliothek und schaut auf die Menschen, die sich durch die verwinkelten Gassen zwängen, eifrig, geschäftig, ameisengleich.

»Und davon hat sie jemand abhalten wollen!«, sagt Fingerhut immer mit dem Blick auf die Altstadt.

»Ich nicht! Ich hätte ihr ... ich kann keinem Menschen etwas zuleide tun. Ich kann das nicht. Ihr glaubt mir doch? Sie glauben mir doch?«, fleht Habermehl und schaut dabei Philomena direkt in die Augen. »Ich saß hier in der Bibliothek. Plötzlich habe ich den Schrei gehört. Dann kamen diese lauten Schritte über den Korridor und Don Prospero stand in der Tür. Er hatte einen ganz verrückten, wahnsinnigen Ausdruck im Gesicht. Er warf mir Gustis Brustkreuz vor die Füße, ja, vor die Füße und befahl atemlos, gehetzt, ich solle es mit dem roten Heft verschwinden lassen, zerstören, auf ewig. Seine Stimme mischte sich mit dem Angelusläuten der Marienglocke. Es war eine apokalyptische, eine bizarre Szene.«

Habermehl zieht ein rotes Heft aus der Innentasche seines Jacketts.

»Als ich am Abend vor Zelters Abreise spät noch einmal in die Bibliothek kam, ... ich hatte noch Licht brennen sehen und versucht, ihn anzurufen, ... saß er wie versteinert an seinem Tisch und schaute gleichsam hypnotisiert in dieses Heft hier. Ich sprach ihn an und fragte, was er hier so spät noch mache, dass es doch auch ein Morgen gebe. Nur langsam blickte er von diesem roten Heft auf und sagte mit leiser Stimme ... ich höre ihn noch heute ..., dass ich nicht glauben würde, was er entdeckt hätte. Er hielt das rote Heft hoch und fragte, ob ich dessen Inhalt kenne. ›Nein‹, sagte ich verwundert, noch etwas belustigt über die offensichtliche Angespanntheit des jungen Kollegen, und dass ich es nie zuvor gesehen hätte.«

# XXVII

Mateusz Zelter hatte das Heft auf seinem Schreibtisch gefunden, nachdem er von einer frühen Brotzeit zur Nacht im »Einhorn« zurückgekommen war. Zunächst hatte er nur darin geblättert, etwas unschlüssig, verwundert darüber, wie es auf seinen Tisch gekommen war. Als ihm der Name »Pöcksteiner« ins Auge sprang, der ihm bereits vertraut war, und der Vorname »Hubertus«, den er, so erinnerte sich Zelter, bereits gehört hatte, und der Dienstgrad »Oberstleutnant der Waffen-SS«, da blätterte er an den Anfang des Heftes und las den einleitenden Satz auf der ersten Seite.

*»Mein Name ist Jakob Sternlieb. Ich bin 1909 in Nürnberg geboren. Meine Familie war alteingesessen. Wir waren assimilierte Juden. Ich habe Philosophie und Religionswissenschaften in München, in Rom ... «*

Zelter blätterte aufgeregt vor und zurück und las die letzten Seiten wie jemand, der das Ende eines Romans nicht abwarten will und nach der Auflösung sucht.

*»Es ist Herbst 1945, der 4. September, als ich mich zum ersten Mal an den runden Tisch in Mutter Itzlingers Zimmer setze. Die Wände sind schmucklos. Einzig ein paar wenige Fotografien hängen über einer Anrichte. Ein Foto zeigt Mutter Itzlinger als junge Frau mit einem Kleinkind auf dem Arm, ein zweites, einen Soldaten, einen Hund und ein vielleicht 6-jährigen Jungen mit traurigem Gesicht. Ein weiteres Foto zeigt Mutter Itzlinger mit demselben Jungen und dem Hund vor einem Weihnachtsbaum, im Hintergrund dieselbe Wand mit einem Foto des Soldaten. Über eine Ecke des Rahmens ist ein Trauerflor gespannt. Das Foto des Soldaten hängt auch heute, am 4. September 1945, in zentraler Position, umrahmt von den anderen, allein der Trauerflor ist abgefallen. Auf der Anrichte steht ein Foto des mittlerweile vielleicht 13-, vielleicht 14-jährigen Buben neben einem Jesuitenpater und ein letztes, das Kriegspfarrer a.K. Franz Itzlinger zeigt. So hat er also ausgesehen, der Franz Itzlinger. Neben dem Foto steht eine kleine Marienstatuette aus Holz, farbig gefasst, in deren Brust sieben Schwerter stecken: die sieben Schmerzen Mariens.«*

Als wollte Zelter mit Jakob Sternlieb ins Gespräch kommen, einen Dialog führen, unterbrach er seine Lektüre und zählte die sieben Schmerzen Mariens auf: »Die Darstellung Jesu im Tempel mit Weissagung Simeons, die Flucht nach Ägypten vor dem Kindermörder Herodes, der Verlust des zwölfjährigen Jesus im Tempel, die Begegnung von Jesus mit seiner Mutter auf dem Kreuzweg, die Kreuzigung und das Sterben Christi, die Kreuzabnahme und Übergabe des Leichnams an Maria und die Grablegung Christi.«

Zelter hatte das rote Heft für einen kleinen Moment zur Seite gelegt und suchte zwischen den vielen Fotos nach dem darin Erwähnten von Kriegspfarrer Itzlinger. Nichts! Da war kein Foto. Ja, Zelter fand das Foto des Ersten-Weltkrieg-Soldaten Vater Itzlinger und ein schwarzes, angestaubtes Stück Stoff: den Trauerflor. Aber sonst nichts. Kein weiteres Foto.

Zelter musste systematisch vorgehen, das rote Heft in Ruhe, von Anfang an lesen, vielleicht studieren und sich jedes Detail merken, ja, notieren. Er war dabei, etwas Außergewöhnliches zu entdecken ...

*» ... und in Wien studiert. Im Jahr 1935 fand die Schacholympiade in Warschau statt. Deutschland war nicht vertreten. Das Mandatsgebiet Palästina war erstmals im Starterfeld und ich durfte mit einer Ausnahmegenehmigung der Weltschachorganisation teilnehmen. Ich erinnere mich gerne an die Tage in Warschau. Wir wohnten im berühmten Hotel Bristol an der Krakowskie Przedmieście, Warschaus Flanier-*

*meile, die oberhalb einer steilen Böschung parallel zur Weichsel verläuft und die Altstadt mit dem Stadtzentrum verbindet. Die Schachpartien wurden im großen Ballsaal gespielt. Die Spieler saßen sich an langen Tischen gegenüber. Das waren herrliche Zeiten. Abends spazierten wir durch die Altstadt zum Schlossplatz mit Schloss, Johanneskathedrale und Sigmundsäule oder saßen nach dem Dinner in der Hotelbar, rauchten Zigarren und tranken Cognac. Es waren glückliche Tage.*

*1935 gewann die US-Mannschaft die Schacholympiade, Schweden wurde Zweiter, Polen Dritter. In Warschau lernte ich den amerikanischen Großmeister Reuben Fine kennen. Wir wurden Freunde. Reuben Fine hat 1937 für mich gebürgt, was mir die Einreise in die USA ermöglichte. Ich reiste auf der SS Albert Ballin, die von den Nazis in SS Hansa umbenannt worden war, weil Albert Ballin, der Namenspatron, Jude gewesen war.*

*Im New Yorker Hafen erwartete mich Reuben Fine mit seiner Familie, seiner Frau und zwei kleinen Kindern, zwei Mädchen.*

*Es fiel mir schwer, mich in New York einzuleben. Mir fehlten die Familie und die Freunde. Mein Nürnberger Umfeld. Einfach alles. Europa. Finanzielle Sorgen plagten mich. Mit meinen Studienabschlüssen konnte ich wenig anfangen. Wer braucht schon einen Philosophen? Reuben und die Freunde vom Marshall-Chess-Club halfen, wo sie konnten. Nicht zu vergessen, die Jüdische Gemeinde. Ich unterrichtete Sprachen, Deutsch und Italienisch, dozierte an privaten Colleges, gab Nachhilfe in Latein und Griechisch und nahm an kleineren Schachmeisterschaften teil, wo Amateure die Meister herausforderten. Preisgelder konnten bis zu fünfzig Dollar hoch sein, was einem anständigen Wochenlohn entsprach und die Not deutlich linderte.«*

Zelter war elektrisiert. Er hatte einen Menschen entdeckt, wiederentdeckt, der niemandem bekannt, der vollkommen vergessen war und die Geschichte um das Michelangelo-Kruzifix neu schreiben sollte, vollkommen neu. Zelter legte das rote Heft zurück auf den Tisch, nahm seine Lesebrille ab, lehnte sich weit zurück und starrte das Deckenfresko viele Meter über sich an. »Die Vier Jahreszeiten und im Zentrum die Apotheose, die Vergöttlichung des Fürstbischofs. Clemens von Schnaitsfeld auf dem Triumphwagen«, sagte er leise vor sich hin.

Zelter lehnte sich wieder vor, nahm die Brille vom Tisch, putzte sie, hörte sein Smartphone klingeln, setzte die Brille auf, sah auf dem Display den Namen von »Habermehl« mit dem Zusatz »privat«, ließ den Klingelton durch den Bibliothekssaal hallen bis er nach einer gefühlten Ewigkeit abbrach. In einem solchen Moment der Auffindung eines Verschollenen, eines Unbekannten, der durch ein Heft in seinen Händen, in Zelters Kopf zum Leben erweckt wurde, konnte er keine Unterbrechung zulassen. Eine Trouvaille, ein glücklicher Zufallsfund, nein, mehr, ein Jahrhundertfund. Zelter öffnete das rote Heft erneut, erwartungsvoll, andächtig.

*»Ich hatte erste Affären. Auch habe ich mich ein-, zwei Mal unsterblich verliebt. Die anhaltende Geldnot und meine innere Unruhe, die Angst um meine Familie zuhause in Nürnberg haben es den Mädels wohl unmöglich gemacht, es mit mir auszuhalten. Ich ging Tanzen, machte viele Spaziergänge. Spaziergänge waren kostenlos. Ich weiß nicht, wie oft ich den Central Park vom Plaza Hotel im Südosten bis zur Synagoge Temple Emanu-El und dem Metropolitan Museum abgelaufen bin.*

*Ich bewohnte ein einfaches, aber sauberes Apartment auf der Orchard Street in der Lower Eastside. Meine Abendessen waren bescheiden, das Portemonnaie leer, die Abschiedstränen meiner Freundinnen viele, das Koffertragen über steile Treppen mühsam, das Auseinandergehen endgültig.*

*Als am 11. Dezember 1941 Deutschland und Italien den USA den Krieg erklärten, meldete ich mich freiwillig. Mit zweiunddreißig Jahren war ich ein alter Mann unter jungen Kerlen. Sie nahmen mich trotzdem. Wegen der Sprachen, Deutsch und Italienisch. Und der Kenntnis der Mentalitäten, vielleicht.*

*Wir saßen in unseren US-Army-Uniformen an kleinen Tischen und blickten auf große Tafeln, worauf unsere Dozenten mit Kreide schrieben und mit langen Stöcken auf Landkarten zeigten. Wir waren eine aus allen Himmelsrichtungen zusammengewürfelte Truppe europäischer Immigranten, nicht nur Juden. Einmal begegnete ich Klaus Mann, dem Sohn von Thomas Mann. Ein toller Kerl. Wir saßen auf der Veranda eines Clubs und tranken Bier am späten Nachmittag.«*

[Mutter Itzlinger ist ins Zimmer gekommen. Leise, fast vorsichtig, gütig spricht sie zu Jakob. Der sieht von seinem roten Heft auf und sagt, dass ihm ein heißer Tee wirklich sehr gut tun würde. Sie spricht weiter, etwas lauter, bietet ihm ein Brot mit Gänseschmalz an, leicht gesalzen. Jakob nickt. Dann wendet er sich wieder dem Schreiben zu.]

*»Während der Operation Husky war ich von Anfang an dabei. Immer an der Seite des Kommandeurs der 3. Infanterie Division, Generalmajor Lucian King*

*Truscott. Operation Husky war die Codebezeichnung für die alliierte Invasion Siziliens ab dem 10. Juli 1943.«*

[Mutter Itzlinger kehrt mit einem Tablett zurück. Darauf steht eine große Tasse, daneben die Zuckerdose und ein Teller mit Brotscheiben. Jakob schraubt die Kappe auf den Füllfederhalter, legt ihn neben das rote Heft, zuckert den Tee und nimmt eine der Gänseschmalzstullen in die Hand, legt sie zurück, trinkt vom Tee. Er erinnert sich an die Kampfszenen, an die Verletzten, die Toten. Hört ihre Schreie, die im Mörserfeuer und im hackenden Geräusch der Maschinengewehrsalven ersticken. Er sieht die B24-Liberator-Bomber und die B17-Bomber, die fliegenden Festungen, die hoch oben, unerreichbar im sizilianischen Himmel gen Norden Richtung italienischem Festland fliegen. Er sieht die eigenen Jagdflieger in niedriger Höhe todesverachtend über die feindlichen Linien fliegen und die Truppen der faschistischen Allianz zermürben. Erst später muss er erfahren, dass dieselben wendigen Jagdflieger über die Straßen italienischer Städte fegten und die wehrlose, flüchtende Bevölkerung mit Geschützfeuer terrorisierten und niederstreckten.

Jakob hört Mutter Itzlingers besorgte Frage, ob er keinen Hunger mehr habe, das Gänseschmalzbrot nicht mehr wolle, sie ihm etwas anderes bringen solle. Jakob lächelt, blickt Mutter Itzlinger in die Augen, schüttelt den Kopf, senkt den Blick, greift nach einer Brotscheibe und beginnt zu essen.]

*»Mitte September landeten wir auf dem italienischen Festland im Golf von Salerno. Wir kämpften uns nach Norden. Wir überquerten die Volturno-Linie nördlich von Neapel und kämpften in der Schlacht um Monte Cassino. Im Januar 1944 begann die Operation Shingle, Dachschindel, der Angriff auf Anzio, südlich von Rom. Wir waren Teil des VI. Armeecorps unter Generalmajor John Porter Lucas. Lucas war ein glückloser Befehlshaber. Er wurde bald durch meinen Kommandeur ...«*

Wieder ertrug Zelter die Spannung nicht, blätterte aufgeregt vor und zurück, übersprang manche Seiten, überflog andere und las mal querlesend, mal ungeduldig Zeile um Zeile durchsuchend. Er hatte die Worte seines Doktorvaters an der LMU in München vergessen, dass die Ungeduld des Gärtners schlechtester Berater war.

»Also, Juni 1944, Einnahme von Rom, August, Florenz, 25. Durchbruch der Gotenstellung bei Rimini und Bologna, Versetzung zur 34. Infanteriedivision«, murmelte, flüsterte er im Selbstgespräch.

*»Wir kämpfen in Norditalien, südwestlich der Stadt Parma, im Toskanisch-Emilianischen Apennin. Es ist Anfang April. Wir kommen durch zerstörte Bergdörfer. Einheimische, die wenigen Überlebenden, sitzen stumm, vollkommen apathisch vor verbrannten Häusern, andere schreien unaufhörlich, wieder andere laufen durch die Wälder, als suchten sie jemanden, wo doch niemand mehr ist.«*

[Mutter Itzlinger kommt zurück ins Zimmer. Sie nimmt das Tablett mit der leeren Tasse, dem Teller, auf dem nur eine halbe Gänseschmalzstulle liegen geblieben ist, und der Zuckerdose vom Tisch, zögert, stellt es zurück und streicht Jakob überraschend über das dichte Haar, als wäre er ihr Bub, ihr Franz. Jakob zuckt nicht, blickt auf, nimmt ihre Hand von seinem Kopf und drückt sie, lächelt rückversichernd.

Jakob hat immer die Bilder von zerstörten Dörfern im Kopf, von vielen zivilen Opfern, Frauen, alten Männern, Kindern.]

*»Wir kommen in ein Dorf, wo die Menschen bis in den Abend Gräber ausheben, um ihre Toten zu bestatten. Es herrscht, trotz der milden Temperaturen, ein fürchterlicher Gestank. Der Gestank des Todes, des ungerechten Krieges, weil alle Kriege ungerecht sind. Gott, wo bist du?«*

[Wieder sind die Bilder der Kampfszenen in Jakobs Kopf, der Verletzten und Sterbenden. Er hört die Schreie, die vom Mörserfeuer und hackenden Geräusch der Maschinengewehrsalven erstickt werden.]

*»Ich bin hinter die feindlichen Linien geraten. Wir hatten den Durchbruch geschafft und nicht mit einer Gegenoffensive gerechnet. Ich hatte den Kopf zu weit rausgestreckt, nicht rechtzeitig den Rückzug angetreten. Nun ist es Nacht und um mich herum liegen Leichen. Ich stelle mich tot. Im Morgengrauen höre ich Stimmen, nicht weit entfernt, ein Rufen, es sind Deutsche. Ich krieche zu einem toten Soldaten. Ich ziehe mich aus, ganz nackt. Instinktiv weiß ich, dass ich nichts an mir behalten darf, was US-Amerikanischer Produktion entstammt. Ich ziehe den Soldaten aus, seine Sachen an. Nicht die Unterwäsche. Schnürstiefel, Hose, die wie eine Reit- oder Bergsteigerhose geschnitten ist, das Koppel. Als ich die Feldbluse aufknöpfen will, sehe ich am linken Arm des Mannes eine Armbinde, darauf ein rotes Kreuz auf weißem Grund von violettfarbenen Balken begrenzt. Erst jetzt sehe ich in sein Gesicht oder dorthin, wo einmal ein Gesicht gewesen war. Nase und Unterkiefer sind weggeschossen. Allein die Augen starren offen in das Grauen im Morgengrauen. An mir vorbei. Die linke Hand des Mannes klammert*

*um einen Gegenstand, der an einer Kette hängt. Es ist nicht die Erkennungsmarke. Ich öffne seine Hand mit großer Mühe. Es ist ein Kreuz, ein Brustkreuz. Ein silberfarbener Christus ist auf ein schwarzes Metallkreuz genagelt, das an einer Panzerkette hängt. Der Mann ist ein Priester. Ich nehme ihm die Erkennungsmarke ab und hänge sie mir um. In einer Ledertasche, groß wie ein Tornister, finde ich das Soldbuch, ein katholisches Feldgesangbuch und ein Heft zur Osterkommunion durch Wehrmachtspfarrer Franz Itzlinger. Auch sind Briefe dabei, die durch ein violettes Band zusammengehalten werden. Es sind die Briefe der Maria Itzlinger an ihren Sohn Franz. Die deutschen Stimmen kommen näher. Ich gehe in ihre Richtung. Ich drehe mich noch einmal um. Hinter mir liegt First Lieutenant Jakob Sternlieb in seiner US-Uniform. Ich hatte ihm nicht die Augen geschlossen. Er sieht noch an mir vorbei. In die Zukunft. Ich rufe laut meinen Namen ›Franz Itzlinger, Wehrmachtspfarrer‹, dann ›Kameraden‹«.*

Zelter starrte auf seine Hände, die das rote Heft hielten, starrte in die Tiefe des Bibliothekssaals. Das war Wahnsinn! Keine Überraschung, nein, das war Wahnsinn, zumindest die wahnwitzigste Geschichte, über die er zufälligerweise gestolpert, auf die er gestoßen oder gestoßen worden war, weil dieses rote

Heft ihm nicht von Habermehl zugespielt worden war. Zelter stand auf, trat ans hohe Fenster heran, öffnete es und atmete tief die herrlich frische Nachtluft ein. Er wollte weiterlesen und gleichzeitig zurück zu einem methodischen, ruhigen, ja wissenschaftlichen Arbeitsrhythmus. Nicht diese Aufgeregtheit und Hektik sollte sein Handeln prägen. Er las, dass Jakob Sternlieb in der Uniform des Wehrmachtspfarrers a.K. Franz Itzlinger bald auf der Rückbank eines Kübelwagens VW Typ 82 saß, neben dem Fahrer ein Offizier, und die holprige Fahrt über Felder und Waldwege ging, der Offizier Jakob beglückwünschte, dass dieser doch verdammtes »Schwein« gehabt hätte und ihn mit »Hochwürden« ansprach. In Zelters Kopf lief ein Film ab. Er wurde so sehr in diese Szenen hineingezogen, dass er anfing die Personen zu rezitieren. An der Stelle, an der Jakob Sternlieb davon berichtet, dass der Offizier ihn fragte, zu welcher Einheit er überhaupt gehörte, formulierte Zelter laut die Antwort: »16. SS-Panzergrenadierdivision«, sprach er ins Halbdunkel des Bibliothekssaals.

Und als hätte er es vorausgeahnt, weil das Leben aus den Dingen besteht, die nicht passieren sollten und gerade deshalb passierten, antwortete der Offizier, dass sie die Nachschubkolonne der 16. waren. Jakob zitierte in seinem roten Heft den Offizier und Zelter sprach die Worte laut nach: »Da haben Sie ja doppeltes Glück. Etwas viel Glück. Selbst für einen Mann Gottes! Meinen Sie nicht? Sie werden Ihre Kameraden bald wiedersehen.«

»Oh Gott!«, dachte Zelter und las weiter, langsam, vorsichtiger.

*»Wir erreichen eine Anhöhe. Der Kübelwagen passiert ein Schild mit der Aufschrift ›Castelnuovo di Montalto‹. Wir halten auf einem Platz mit Kirche und Nebengebäuden. Immer mehr Lastwagen treffen ein. Plötzlich herrscht Stille. Nach ganz kurzer Zeit öffnet sich eine kleine Tür, die in einem großen Tor steckt. Eine Ordensschwester tritt heraus. Sicherlich Mitte, Ende vierzig. Sie hat ein freundliches Gesicht. Vielleicht ist es Gottvertrauen oder Schicksalsergebenheit. Oder beides. Hinter ihr steht eine zweite, jüngere Ordensschwester. Die erste begrüßt uns auf Deutsch. Die Überraschung ist groß. Es stellt sich heraus, dass sie in den 20er-Jahren Mitarbeiterin in der Päpstlichen Nuntiatur in München unter Eugenio Pacelli, dem späteren Papst Pius XII, gewesen war. Sie ist die Äbtissin des Klosters. Sie heißt Maria Maddalena Altoviti Avila. Sie stellt dem Offizier und mir ihre Privaträume zur Verfügung. Es gibt ein Studierzimmer mit einer Pritsche, ein Schlafzimmer mit einem Bett und ein Bad mit Badeofen. Als der Offizier aus dem Badezimmer kommt, trägt*

*er ein großes Handtuch um die Hüften. Er sagt mir, dass er schon lange kein anständiges Bad mehr gehabt hatte und, dass es richtig gut getan hat und fordert mich auf, dass ›Hochwürden‹ an der Reihe sei, dass der Badeofen grandios funktioniere und ihm, dem Offizier, dessen Name ich zu dem Zeitpunkt noch nicht kenne, niemand mehr sagen solle, dass das Klosterleben spartanisch sei. Ich gehe daraufhin ins Badezimmer. Er hat recht. Der Badeofen funktioniert perfekt. Ich lasse Wasser ein, will mich ausziehen, drehe mich ängstlich zur Tür um, die ich, um jedes Misstrauen zu vermeiden, nicht abgeschlossen habe. In dem Moment, in dem ich mein Koppel ablege, kommt der Offizier zurück ins Badezimmer. Er wolle sich nur rasieren, sagt er und, dass es mich hoffentlich nicht störe. Ich ziehe mich weiter aus, zögerlich, und drehe vorsichtig den Kopf. Ich sehe ihn von hinten und sein Gesicht im Spiegel. Er hat sogleich begonnen, Kinn, Wangen und Schläfen mit dem Rasierpinsel einzuschäumen. Er macht geübte, kreisende Bewegungen, setzt den Pinsel ab, hakt einen ledernen Streichriemen an einer Öse in der Wand ein, streicht die Schneide seines Rasiermessers darauf ab, wobei ein samtiger Ton zu hören ist, der sich ganz eigentümlich mit dem Rauschen des einlaufenden Badewassers wie Fäden zu einem Stoff verwebt, und erzählt dabei, dass eine gute Rasur schnelle und ungenaue Bahnen durch die Bartstoppeln verbiete, dass sein Rasiermesser seine Bahnen geordnet, wie ein Erntemäher durch das Weizenfeld, nicht aufgeregt, wie ein Schlitten über eine verschneite, noch holprige Abfahrt, ziehen müsse.*

*Ich bin nackt und nicke und erwidere, dass es mich nicht störe, dass es absolut ›Okay!‹ sei und sehe mich dabei wieder um, als hätte mir eine innere Stimme zugeflüstert, dass ein Schicksal von Worten oder Gesten abhängen kann, die nicht gesagt, nicht gemacht werden sollten und gerade deshalb gesagt und gemacht werden. Ich sehe sein Gesicht im Spiegel, blicke direkt in seine Augen, sehe wie er die Stirn kräuselt, das Rasiermesser sinken lässt, sich vom Spiegel weg und zu mir umdreht. Ich drehe meinen Kopf schnell zurück Richtung Badewanne, will in das heiße Wasser steigen, weiß, dass ich es nicht schaffen werde, höre zwei, drei Schritte, spüre seine Hand auf meiner linken Schulter, seinen Atem dicht an meinem rechten Ohr, das Wort ›Okay!‹ flüstern, bald deutlich sprechen, spüre seine Hand, die mich mit Wucht wegreißt und mich zwingt, mich zu ihm hinzudrehen.*

*Er brüllt wiederholt ›Okay? Okay?‹, nennt mich ›Hochwürden‹ und kündigt an, dass wir die Sache gleich ›in Ordnung‹ bringen würden. Schaut an mir herab als wollte er ein Vieh vor seiner Schlachtung beurteilen. Schließlich lacht er, ruft laut aus seinem halb rasierten, noch eingeschäumten Gesicht ›Ein Jud'!‹, triumphiert ob seines Instinkts, dass er sich schon gedacht hatte, dass mit ›Hochwürden‹ etwas nicht stimme. Er lacht hysterisch und kreischt dazwischen, dass ein ›Jud'‹ als katholischer Priester bei der 16. SS-Panzergrenadierdivision schon sehr außergewöhnlich sei.*

*Der Offizier stürzt sich auf meine Tasche, die ich, Jakob Sternlieb, auf einem Schemel zwischen Badewanne und Badeofen abgelegt hatte. Ich will ihm die Tasche aus der Hand reißen. Er stößt mich zurück, öffnet sie und zieht Franz Itzlingers Papiere heraus. Das katholische Feldgesangbuch und das Heft zur Osterkommunion fallen auf den schwarzweiß gekachelten Fußboden. Der Offizier öffnet das Soldbuch und liest laut ›Franz Itzl ...‹, unterbricht sich, schaut mich an, wiederholt zuerst mit normaler Stimme, bald ungläubig, zögerlich ›Itzlinger‹ und weiter, wieder lauter ›Schnait am See, Gau Bayreuth vormals Bayerische Ostmark‹, schüttelt den Kopf, setzt sich auf den Schemel und wiederholt geistesabwesend ›Schnait am See, Gau Bayreuth‹, springt auf, sagt etwas darüber, dass das Leben vollkommen übergeschnappt und die Welt irre sei, geht zur Tür, ein Handtuch über der Schulter, wischt sich beim Hinausgehen den Rasierschaum aus dem Gesicht und empfiehlt mir, dem ›Hochwürden‹, das Badewasser nicht kalt werden zu lassen.«*

[Jakob unterbricht sein Schreiben. Er reibt sich die Augen, geht zum Fenster und schaut auf einen Platz in der Altstadt von Schnait. Der Abend dämmert still vor sich hin. Niemand ist unterwegs. Keine Stimme ist zu hören. Es scheint, als ob das Leben alle, die überlebt haben, nach Hause geschickt hätte, die einen, bevor sie weiteren Schaden anrichten, die anderen, bevor es ihnen an den Kragen geht, als ob das Leben sich von den Menschen erholen wolle. Vielleicht nicht nur in Schnait, auch anderswo. Die ganze Welt ist ein Dorf, auch Schnait. Gegenüber scheint schwach das Licht aus den Fenstern des Gasthofs »Zum Goldenen Einhorn«. Aus der Ferne hallt ein Hundebellen herüber, und ein Pferd ohne Reiter geht ruhig, mit seinen Hufen auf dem Kopfsteinpflaster klappernd, an Jakobs Fenster vorbei.

Jakob geht zu seinem roten Heft an den Tisch zurück, betankt den Füllfederhalter in einem Tintenglas und schreibt weiter:]

*»Ich esse mit dem Offizier im Refektorium zu Abend. Die Ordensschwestern bedienen uns. Es gibt sogar Wein. Der Offizier erklärt mir, dass er aus dem fränkischen Zellach stammt, dass Zellach nur wenige*

*Kilometer von Schnait am See liegt und, dass er im Rang eines SS-Obersturmbannführers Hubertus Pöcksteiner Oberstleutnant der Waffen-SS ist und den wahren Itzlinger Franz als Kind gekannt hat und die Mutter des Itzlinger Franz auf dem Pöcksteiner Hof als Hauswirtschafterin arbeitet. Dann macht er eine lange Pause, schaut mich an, raucht eine Zigarre und trinkt Wein.*

*Ich erzähle ihm meine Geschichte und, dass ich hinter die Linien geraten war, den gefallenen Franz Itzlinger aus- und mir seine Sachen angezogen hatte. Er sagt, dass er mich erschießen lassen kann, dass mein Leben keinen Pfennig wert ist. Er steht auf und misst das Refektorium mit weiten Schritten ab. Er bläst den Zigarrenrauch in Ringen durch den großen Raum. Pöcksteiner sagt, dass er, im Gegensatz zu seiner Frau, nicht religiös ist. Als er seine Frau erwähnt, stöhnt er und richtet die Augen gen Himmel. Er glaube aber an das Schicksal und daran, dass das Leben aus den Dingen besteht, die passieren sollen, weil nichts zufällig passiert, weil es eine Ordnung im Leben geben muss, ansonsten Chaos herrsche. Er glaube an eine höhere, alles ordnende Macht und nennt sie Schicksal. Oberstleutnant Pöcksteiner ist, so erklärt er ausdrücklich, ein Mann von Überzeugungen und nicht ein von religiösen Andachtsbildchen vernebelter Kleingeist. Plötzlich sagt er, dass, wenn die Sache hier zu Ende ist, er sauber rauskommen wolle und, dass ich, ›Hochwürden‹, dies bezeugen müsse, dass er sauber geblieben ist, einen Juden gerettet hat. Er kommt auf mich zu, aus der hintersten Ecke des Refektoriums, tritt ganz nah an mich heran und sagt, dass er keinen Fürbitter beim Herrgott, welchem auch immer, dass er aber einen Menschen brauche, der sein makelloses Verhalten bezeugt und ich als Gegenleistung, ja zwangsläufig und nur aus diesem Grund am Leben bliebe, ja bleiben müsse. Mein Wort als Ehrenmann würde ihm genügen.«*

[Mutter Itzlinger ist ins Zimmer zurückgekommen. Sie wünscht Jakob, der noch immer eifrig schreibt, eine »Gute Nacht«, sagt, dass am nächsten Morgen die Nacht zu Ende sei und die Arbeit nicht warten könne, es derer viel zu tun gäbe. Jakob schraubt den Füllfederhalter zu, steht auf und umarmt Mutter Itzlinger. Sie wünscht ihm nochmals eine »Gute Nacht« und nennt ihn »mein Sohn« und fragt, ob sie Jakob ihren Sohn nennen dürfe. Er setzt sich wieder, schaut auf, nickt und sagt, dass er sie Mutter Itzlinger nennen werde. Da gibt sie ihm einen Kuss auf die Stirn und wischt sich, während sie aus dem Zimmer geht, mit einem Taschentuch über die Augen.]

*»Kaum hat Oberstleutnant Pöcksteiner mir den Schwur abgenommen, nach dem Krieg für ihn auszusagen, hören wir eine gigantische Explosion, Tumult und Schreie auf dem Gang vor dem Refektorium, Schüsse im ganzen Kloster. Eine Gewehrsalve trifft die Refektoriumstür. Pöcksteiner wirft sich zu Boden. Er schreit, dass da eine verdammte Sauerei passiere.*

*Als ich aus einem der hochgelegenen, von der Tür weit entfernten Refektoriumsfenster hinaus auf den Vorplatz schaue, sehe ich brennende LKWs und wild herumrennende Menschen, Soldaten, Männer in Zivil, ein, zwei Ordensschwestern.*

*Inmitten des Getöses, des Geschreis, höre ich das heftige Hämmern an der Refektoriumstür. Oberstleutnant Pöcksteiner steht auf und stellt sich mit gezückter Waffe an die Wand. Die Tür öffnet sich langsam.*

*Ein Hauptmann, er hieß wohl Müller, macht Meldung, dass sich eine kleine Gruppe Partisanen, acht Mann, darunter auch eine Frau, ins Kloster geschlichen hatten, wahrscheinlich, um die Nacht abzuwarten und erst dann die gesamte Nachschubkolonne zu töten.*

*Pöcksteiner hat einen hysterischen Wutanfall. Er schreit, dass sie uns meucheln wollten, heimtückisch, weil sie ehrlose Feiglinge seien. Meucheln mit Hilfe himmlischer Komplizinnen, den Ordensschwestern.*

*Müller meldet weiter, dass er die Partisanen rechtzeitig entdeckt hatte und diese daraufhin das Feuer eröffnet hätten. Dass die Partisanen mit Panzerfäusten zwei LKWs in die Luft gejagt hätten und drei Soldaten gefallen seien. Er erklärt, dass alle Partisanen erledigt seien.*

*Oberstleutnant Hubertus Pöcksteiner brüllt nach den Schwestern. Müller soll sie ihm holen. Alle.*

*Die Ordensschwestern stellen sich entlang der Wand im Kreuzgang auf. Es sind vierzehn. Pöcksteiner schreitet sie ab, als wären es Soldatinnen. Er gibt der Äbtissin ein Zeichen und befiehlt ihr, zu kommen, dass ›Sie! Ja, Sie da, Hochehrwürdige Mutter Äbtissin‹, dass sie übersetzen solle und sagt laut, dass er gar nicht wissen will, wer von den Schwestern die ›Feiglinge‹ ins Kloster gelassen habe und die Hochehrwürdige Mutter Äbtissin übersetzt Pöcksteiners Worte ins Italienische, spricht aber nicht von ›Feiglingen‹, sondern von ›soldati della resistenza‹, was Pöcksteiners Wutanfall auf die Spitze treibt und ihn brüllen lässt, dass nein, sie keine ›soldati‹ gewesen wären, sondern feige Verbrecher. Pöcksteiner pausiert. Er will sich wohl der einschüchternden, vielleicht nur theatralischen Wirkung seines Auftritts bewusst werden.*

*Die Mutter Äbtissin übersetzt wieder und versichert dem Oberstleutnant, dass keine ihrer Mitschwestern auch nur das Geringste mit dem Vorfall zu tun hätten.*

*Pöcksteiner spricht jetzt ruhig, sagt, dass drei seiner Soldaten tot sind und diese Toten nach Sühne verlangten.*

*Die Äbtissin übersetzt auch diese Worte und die folgenden, mit denen Pöcksteiner verkündet, dass sie, die Ordensschwestern Sühne leisten würden, für ›Euren Verrat‹ wiederholt Pöcksteiner seine Anklage und verkündet, dass bei Sonnenaufgang vollstreckt würde, dass die Schwestern noch sieben Stunden Zeit für ihre Gebete hätten.*

*Die Mutter Äbtissin ist verwirrt, fragt Pöcksteiner, was er vorhabe, dass die Schwestern ohne Schuld seien, dass allein sie verantwortlich sei. Sie kniet vor dem Oberstleutnant, fleht ihn an, allein sie Sühne leisten zu lassen, die Schwestern aber zu verschonen. Angesichts des stark emotionalen Einwands der Äbtissin herrscht große Aufregung unter den vierzehn Ordensschwestern.*

*Einige rufen, fragen ›Reverenda Madre. Che succede? Ci dica!‹, ›Hochehrwürdige Mutter. Was geschieht hier? Sagt es uns!‹*

*Die Äbtissin steht auf. Sie ist ernst, sehr gefasst. Sie übersetzt Pöcksteiners Urteil. ›Abbiamo sette ore per le nostre preghiere.‹ ›Wir haben sieben Stunden Zeit für unsere Gebete.‹*

*Einem Aufschrei unter den Schwestern folgt eine Starre, eine seltsame Abwesenheit in den Körpern der Frauen und ziemlich bald Ruhe, vielleicht Frieden, vorauseilende Vergebung für das noch zu erleidende Unrecht.*

*Pöcksteiner befiehlt Müller, die Frauen wegzubringen, nicht in ihre Zellen, sondern sie im Kapitelsaal einzuschließen und einen, besser zwei Soldaten davor aufzustellen. Er dreht sich um und geht ins Refektorium zurück. Ich folge ihm, frage ihn, welche Sühne die Schwestern leisten sollen.*

*Der Oberstleutnant nimmt die Zigarre von einem Metallteller und bläst die verglimmende Spitze an. Er spricht von Zuführung ihrer gerechten Strafe. Ich beharre darauf zu erfahren, welche das sein soll.*

*Pöcksteiner antwortet nicht. Er fragt, ob die drei toten Soldaten kein Recht auf Leben gehabt hätten, kein Recht gehabt hätten, diesen, Deutschland ›aufgezwungenen‹, wie er sich bereits damals geschichtsfälschend ausdrückt, Krieg zu überleben, diesen Krieg, der in ein paar Wochen, vielleicht in Tagen vorbei sein würde, ob sie in letzter Minute sterben mussten, weil ein paar selbsternannte Freiheitskämpfer entschieden hatten, ein paar Lastwagen in die Luft zu jagen.*

*Ich reagiere nicht auf seinen theatralischen Wortschwall. Natürlich hatten die drei Soldaten das Recht auf Leben, das Recht zu überleben. ›Was haben Sie vor?‹, frage ich ihn wieder und wieder. Er legt die Zigarre zurück auf den Metallteller, tritt ganz dicht an mich heran, fasst mich an beiden Schultern, fixiert mich mit seinen eiskalten blauen Augen und sagt sehr ruhig, dass er nicht Auge um Auge wolle, nicht Zahn um Zahn verlange, nennt mich ›Hochwürden‹, schüttelt unmerklich den Kopf, sagt leise ›nein‹ und flüstert, dass er mehr wolle.*

*Ich mache mich aus Pöcksteiners Umklammerung los, mache ein, zwei Schritte zurück und halte ihm vor, dass er doch sauber aus der Sache, aus diesem Krieg rauskommen wollte und ich bezeugen sollte, dass er, obwohl SS-Obersturmbannführer im Rang eines Oberstleutnants der Waffen-SS, sauber geblieben sei, einen Juden gerettet hat und deshalb diese Frauen, die Ordensschwestern nicht opfern könne, nicht opfern auf dem Altar welcher irrsinnigen, ja verbrecherischen Vergeltung.*

*Pöcksteiner bläst wieder auf den Zigarrenstummel und erklärt, dass er es seinen Leuten schuldig sei, dass er es tun müsse.*

*Zu meiner eigenen Überraschung wiederhole ich, diesmal schreiend, wer das behauptet, ja, bestimmt hätte.*

*Pöcksteiner steht aufrecht, als wollte er Haltung annehmen, steckt sich die Zigarre zwischen die Zähne, beginnt, einige Knöpfe an seiner Uniformjacke zu schließen, zieht an ihr und sagt, undeutlich zwar, etwas über einen Befehl von oberster Stelle, nimmt den Stummel aus den Zähnen und wiederholt, dass es ein Befehl von oberster Stelle sei, der Befehl eines Generalfeldmarschalls und fragt mich, ob ich das verstehe.*

*Ich protestiere, dass der Krieg doch bald zu Ende sei, dass er das selbst sagt, in ein paar Wochen, vielleicht schon Tagen und, was dieser Generalfeldmarshall dann noch zähle, nichts, sage ich ihm.*

*Er wolle nicht zum Verräter werden, sagt er ruhig, philosophiert darüber, dass, hätten seine Leute die Partisanen nicht rechtzeitig entdeckt, wir jetzt nicht mehr am Leben sein würden, auch ich, der ›Hochwürden‹ gemeuchelt worden wäre, vielleicht im Schlaf. Ohne Unterschied. Ohne Mitleid.*

*›Aber es ist nicht geschehen!‹, wende ich ein.*

*Pöcksteiner hält unbeirrbar an dem fest, was er vielleicht für Haltung oder Überzeugung hält, schlimmer noch, mit Gehorsam und Treue verwechselt. Da ist es, dieses ›Befehl ist Befehl‹, dass ich das nicht verstehen kann, nennt mich ›Hochwürden‹, pausiert und sagt plötzlich, dass er gar nicht wisse, warum in aller Welt er mich noch mit ›Hoch-*

*würden‹ anrede, macht einen allerletzten Zug an diesem verdammten Zigarrenstummel und erklärt feierlich, pathetisch, was kommen musste, dass er Gehorsam geschworen hätte, Gehorsam und Treue.*

*›Gehorsam!‹, schreie ich auf, ›Gehorsam?‹, und entgegne ihm, sehr leidenschaftlich, wie ich aus Pöcksteiners Reaktion ersehe, die ein Vexierglas meiner Emotionen ist, dass allein wir für unseren Gehorsam verantwortlich sind, dass wir die Verantwortung nicht abgeben können wie einen Mantel an der Theatergarderobe, an andere weiterreichen, auch nicht an einen Generalfeldmarshall.*

*›Treue?‹, frage ich Pöcksteiner. ›Treue zu einem Unrechtsregime?‹*

*Der SS-Obersturmbannführer im Rang eines Oberstleutnants der Waffen-SS Hubertus Pöcksteiner herrscht mich an, dass er sich das verbitte, er Repräsentant dieses, wie ich meine, Unrechtsregimes sei.*

*Ich zögere nicht, ihn mit flehender Stimme zu bitten, seinen Treueschwur zu brechen, versichere ihm, dass manchmal das, was wir, was er Verrat nennt, die letzte Waffe der Gerechten ist.*

*Pöcksteiner macht eine abwehrende Handbewegung, signalisiert mir mit einem abschätzigen, zu einer Grimasse verzerrten Gesicht Ekel vor einem Gottesmann, der keiner ist, nur ein Jude, der sich vom Feind hat rekrutieren lassen. Er fragt mich, ob ich, angesichts der Grauen dieses Krieges, ich, der ›Jud'‹, nie daran gedacht hätte mit meinem Gott zu brechen.*

*Ich muss nicht lange nachdenken. Oft, sehr oft hatte der Atheist in mir Gott angeklagt, jeden Tag ihm die blutige Rechnung präsentiert.*

*Mit Spott in der Stimme fragt Pöcksteiner mich, was Gott dem Atheisten geantwortet hat, ob er denn überhaupt geantwortet hätte.*

*Ich muss eingestehen, dass Gott nicht geantwortet hatte, dass er, scheinbar gleichgültig gegenüber dem Schicksal der Menschen, stumm geblieben war, dass aber der Atheist irgendwann entschieden hatte, Vertrauen in die Eintracht aller Menschen zu setzen und wagemutig die Aussöhnung zu versuchen.*

*›So kam der Atheist Gott ganz nah. Er hörte ihn plötzlich‹, sage ich Pöcksteiner.*

*Der Oberstleutnant misst wieder und wieder mit weiten Schritten das Refektorium ab, lacht wieder und wieder mit Spott in der Stimme, dass mein Atheist die militärische Disziplin vergesse, dass gerade die Disziplin unabdingbar für die menschliche Existenz sei, dass man ohne Disziplin nichts verteidigen könne, nicht meinen Gott, nicht meinen Atheisten, niemanden, weder im zivilen Leben, schon gar nicht im Krieg und, dass der Eid die Menschen auf Ge-*

*horsam und Treue verpflichte, überhaupt die menschliche Existenz strukturiere. Ich könne das nicht verstehen, urteilt Pöcksteiner abschließend, weil ich ja Jude sei.*

*›Sie können das nicht verstehen‹, wiederholt er wie ein Mantra.*

*Am nächsten Morgen ist Pöcksteiner verschwunden. Ich kann Hauptmann Müller überzeugen, dass der Oberstleutnant noch in der Nacht seine Entscheidung, eine Strafaktion gegen die Ordensschwestern durchzuführen, verworfen hätte. Der Mann ist sichtlich erleichtert.*

*Beim Abschied schenkt mir die Hochehrwürdige Mutter Äbtissin ihr Brustkreuz. Ich will es nicht annehmen. Es sieht kostbar aus. Sie aber besteht darauf. Es soll mich beschützen.*

*Eine jüngere Ordensschwester gibt mir ein Wäschepaket mit. Sie sagt, dass durchreisende Ordensbrüder schon manchmal etwas vergessen.*

*Hauptmann Müller befiehlt die Weiterfahrt nach Norden. Ich sitze in Pöcksteiners Kübelwagen, auf dem Platz des Oberstleutnants neben seinem Fahrer. Der schweigt zunächst. Ich stelle keine Fragen. Als wir nach ein paar Stunden Rast machen müssen, weil ein LKW einen Motorschaden hat und aufgegeben werden muss, das Material auf die anderen Lastwagen umgeladen werden soll, erzählt mir der*

*Soldat, der nicht mehr Pöcksteiners Fahrer ist, sondern meiner, dass der Obersturmbannführer sich mit dem Piloten des Verbindungsflugzeugs, einer Fieseler Storch, zur 16. abgesetzt hat. Der Soldat nennt mich ›Hochwürden‹ und will mir etwas zeigen. Im Kofferraum des Kübelwagens, der zwischen den Hintersitzen und dem Motorraum liegt, steckt ein in grobe Jutetücher eingeschlagenes Kruzifix. Die Jesusfigur ist ein Knabe, vollkommen nackt.*

*Vierundzwanzig Stunden später werden wir von britischen Einheiten überholt und gefangengenommen.«*

[Englische Offiziere sitzen in einem großen Raum an einem Tisch. Sie frühstücken, sie diskutieren. Ein Colonel sieht an Köpfen und Schultern vorbei Jakob Sternlieb in der Uniform des Wehrmachtspfarrers a.K. Franz Itzlinger, von zwei Soldaten begleitet, den Raum betreten. Einer der Soldaten tritt an einen Offizier heran, der am Tisch dem Colonel gegenüber sitzt und flüstert ihm ins Ohr. Der Angesprochene wendet sich an einen zweiten Offizier. Der wischt sich mit einer Serviette über den Mund, will aufstehen, als ihm der Colonel vis-à-vis ein Zeichen gibt, selbst aufsteht, an den Rücken anderer Offiziere entlang um den Tisch herum und auf Jakob Sternlieb zugeht.]

*»Ich weiß nicht, warum ich mich nicht zu erkennen gebe. Da war diese innere Stimme. War das Gott, der zu dem Atheisten in mir sprach? Ja, ich wollte zurück nach Deutschland. Etwas über meine Familie erfahren.«*

[Der Colonel liest in der schmalen Akte, die ihm einer der Soldaten übergibt.]

*»Die Briten hatten mich untersucht. Nur oberhalb. Hatten keine Tätowierung der Blutgruppe unter dem linken Oberarm oder in der Achsel gefunden.«*

[Der Colonel blickt Jakob lange an. Er macht eine Bewegung mit der Hand. »He can go!«, sagt er zu den begleitenden Soldaten und zu Jakob Sternlieb, dass er für die Seelen seiner Landsleute beten solle: »Pray for the souls of the German people.«]

*»Ich werde von den Soldaten weggeführt. Ich gehe mich in einem Wildbach waschen. Im Wäschepaket der Äbtissin finde ich eine Kutte aus Leinen; es ist die eines Zisterziensers. Ich ziehe sie über. Die Feldbluse des Kriegspfarrers a.K. Franz Itzlinger verstaue ich im Wäschebeutel, zusammen mit dem Tornister, der Erkennungsmarke, dem Soldbuch, dem Feldgesangbuch, dem Heft zur Osterkommunion,*

*den Briefen, die durch ein violettes Band zusammengehalten werden, und dem Brustkreuz der Hochehrwürdigen Mutter Äbtissin. Das hölzerne Kruzifix aus Pöcksteiners Kübelwagen trage ich über der Schulter. Ich laufe an Landstraßen entlang, über Feldwege an Gehöften vorbei. Ich begegne militärischen Einheiten der Alliierten und marschierenden Kriegsgefangenen. Nachts komme ich bei Bauern unter. Manchmal auch in den Case Cantoniere, den Straßenwärterhäusern. Ich sage den Menschen, dass ich nach Norden müsse, eine Aufgabe zu erfüllen habe. Viele helfen, geben mir Brot und Wein und ein Dach über dem Kopf. So erreiche ich im Spätsommer 1945 Schnait am See.«*

[Das Ortseingangsschild ist durchlöchert von Gewehrsalven. Ein Mann fährt mit seinem Fuhrwerk an Jakob Sternlieb heran, beobachtet ihn. Je näher Jakob dem Platz vor der Kirche kommt, desto mehr Menschen kommen ihm entgegen. Er fragt in die Menge, ob jemand die Itzlinger Maria kennt. Eine Frau tritt vor. Sie lächelt. Die Sonne strahlt in ihr Gesicht. Sie schirmt die Augen mit der Hand ab.

Jakob Sternlieb löffelt Suppe. Hinter ihm lehnt das Kruzifix in einer Ecke eines Zimmers. Die Frau kommt an den Tisch. Sie hat eine Flasche Wein, fränkischen Bocksbeutel, in der Hand.]

*»Maria Itzlinger sagt mir, dass sie die Flasche aufgehoben habe für ›wenn der Franz wiederkommt‹, dass die Flasche noch aus der Vorkriegszeit stamme und, dass der Franz jetzt ja wieder da sei, irgendwie schon.«*

Es war spät, sehr spät geworden und Zelter saß im Bibliothekssaal über Jakobs rotem Heft. Er las, dass Maria Itzlinger bezeugte, Jakob wäre ihr Sohn, der Franz, und, dass Jakob an das Bischöfliche Ordinariat des Bistums Meißen schrieb, wo Franz nach seiner Ausbildung bei den Jesuiten und dem Studium seine erste Priesterstelle angetreten hatte.

[Maria Itzlinger sitzt mit einem Mann am Tisch, Bürgermeister Alfons Ertl.

»Maria, versteh mich halt nicht falsch. Aber ...«, sagt er beschwörend.

»Aber was?«, fragt Maria nervös zurück.

»Die Leute reden halt.«

»Sie reden nicht. Sie zerreißen sich's Maul. Plötzlich!«, erwidert Maria aufgebracht und, dass die Leut das Maulzerreißen besser früher mal gemacht hätten, zwischen »33« und »45«.

»Da aber haben sie sich nicht getraut oder haben mitgemacht. Feige war'ns. Als die alte Frau Rose abgeholt worden ist.«

Bürgermeister Ertl schaut auf den Fußboden, dreht den Hut in seinen Händen, nickt wie ein Wackeldackel und gibt zu bedenken, dass er, der Jakob, dem Franz überhaupt nicht ähnlich sehe.

»Alfons, die Priesterstelle ist frei und ich brauche Frieden. Wir alle brauchen endlich Frieden. Für mich ist er mein Franz.«

Jakob Sternlieb spricht mit einem alten Mann, der eine zerschlissene Postuniform über einem runden Rücken trägt und eine Postbotentasche an einem Gurt über der Schulter schleppt. Jakob Sternlieb unterhält sich freundlich mit dem Postler, der ihm einen dicken Brief übergibt.]

*»Der Generalvikar antwortet erst nach einiger Zeit, weil der Postverkehr mit der sowjetischen Zone nur sehr schleppend funktioniert. Die Antwort ist umso herzlicher.«*

[Jakob Sternlieb steht am Esstisch und reißt mit aufgeregt schnellen Bewegungen der Finger einen braunen Umschlag auf. Er nimmt Blätter heraus und fängt an zu lesen.]

*»Er schickt mir Abschriften von Franz Itzlingers Personalakte. Leider, so bedauert er, seien die Originale während der Schlacht um Bautzen aufgrund*

*eines Brandes stark beschädigt worden, er sich aber noch gut an Itzlinger erinnere und er viele Dokumente neu ausstellen konnte.«*

[Jakob unterbricht sein Lesen und sichtet die Blätter. Er legt sie nebeneinander auf dem Tisch aus.]

*»Ich bewerbe mich mit diesen Unterlagen beim Erzbischöflichen Ordinariat in Bamberg und werde wenig später als Pfarrer von Schnait am See eingesetzt.«*

# XXVIII

Der Sonnenuntergang, der bald den Himmel über Schnait mit Gelb und Orange und Rot flutet und die Schatten weich und rund in den Gassen liegen lässt, der manch hartes Profil wie den Saum eines alten Pullovers aufdröselt, schickt das Zwischenlicht voraus. Es ist die honigfarbene Stunde des Tages.

»Zelter hat mir von Jakob Sternlieb erzählt. Dass dieses Heft ...«, Habermehl hält es mit beiden Händen fest, vornübergebeugt auf den Knien abgestützt gleich einem Wanderer, der, müde vom beschwerlichen Weg, endlich ausruhen darf, »... dessen Tagebuch sei, und Pfarrer Itzlinger eigentlich ein Nürnberger Jude gewesen war, der das Michelangelo-Kruzifix nach Schnait gebracht hätte.«

Der Stadtchronist schaut auf Fingerhut und Philomena. Er berichtet vom Inhalt des roten Hefts, die ganze Geschichte.

»Noch in derselben Nacht rief ich Max Pöcksteiner an und erzählte ihm von der Sache. Er war sprachlos, geradezu alarmiert. Er wusste wohl, dass sein Vater Hubertus Pöcksteiner bei der Waffen-SS gewesen war, auch, dass er im Rang eines Oberstleutnants in Italien gedient hatte. Die Geschichte um Jakob Sternlieb war ihm aber vollkommen neu. Er befahl mir, gleich am nächsten Morgen zu Zelter ins Hotel zu gehen und ihn unter einem Vorwand zu einem Treffen mit ihm und Don Prospero einzuladen.«

# XXIX

Zurück in seinem Zimmer im »Goldenen Einhorn« hatte sich Zelter auf sein Bett gelegt und Seite um Seite, Zeile um Zeile von Jakob Sternliebs Aufzeichnungen gelesen. Er murmelte, flüsterte wohl und sprach manchmal halblaut.

*»Als ich Mutter Itzlinger von meiner Begegnung mit Oberstleutnant Hubertus Pöcksteiner erzähle, ist sie ganz aufgeregt ... «*

[Jakob Sternlieb und Maria Itzlinger stehen im Garten ihres kleinen Hauses und pflücken Brombeeren von einem Strauch.

»Der Hubertus ist ein Lump. Ich hab' auf dem Pöcksteiner Hof gearbeitet. Seit 1923. Ich hab' ihn aufwachsen sehen. Selbstherrlich ist der. Steht über dem Gesetz«, sagt Maria Itzlinger, unterbricht sich und sagt über die Gurken, dass diese reif seien und geerntet werden können.

»Auch die Kartoffeln sind beinahe soweit und die Tomaten auch.«

Dann erzählt sie Jakob, dass der Pöcksteiner Hubertus immer viel Gepäck dabei hatte, wenn er auf Heimaturlaub kam.

»Mehr als einmal hab ich's gesehen.«

Jakob schaut Maria Itzlinger fragend an.

»Na, das Silber und auch das Gold. Geweihte Geräte. Kelche, Leuchter und Weihrauchschiffchen. Manche mit Juwelen besetzt.«

»Hast du je erfahren, woher er die Sachen hatte?«

Maria Itzlinger schüttelt den Kopf und sagt, dass sie immer sehr geheimnisvoll getan hätten, der Hubertus Pöcksteiner und seine junge Frau.

»Einmal hatte er einen Kasten mitgebracht, ganz aus Silber mit Figuren aus Gold. Die standen in kleinen Nischen in den Wänden des Kastens.«

Auf die Frage, wo die Sachen abgeblieben seien, kann Maria nur Vermutungen anstellen: » Ich weiß nicht. Vielleicht doch. Kurz vor Kriegsende hat seine Frau die Sachen weggeschafft. Vergraben, glaub' ich nicht. Sie wird alles im Berg versteckt haben, im alten Silberbergwerk. Das gehört ja ihrer Familie.« ]

Zelter hatte Gewissheit. Er war auf der Spur eines großen Schatzes geraubter Kunst. Auch das Michelangelo-Kruzifix, das Jakob Sternlieb aus Pöcksteiners Kübelwagen nichts ahnend nach Schnait gebracht hatte, war sehr wahrscheinlich Raubkunst.

# XXX

»Zelter kam sehr spät zum Früstück, nach zehn. Ich hatte auf ihn über eine Stunde auf der Terrasse gewartet. Er sagte mir, dass er noch die halbe Nacht mit dem Studium des roten Hefts verbracht hätte, dass er es bereits nach München geschickt hätte, um das Papier, die Tinte und die Kalligraphie analysieren zu lassen«, berichtet Habermehl.

»Und da habt ihr Onofrio nach München geschickt und ins Institut an der LMU einbrechen lassen?«, fragt Fingerhut.

»Nein, Isidor, das habe ich nicht veranlasst! Davon hatte ich keine Ahnung«, widerspricht Habermehl. »Zelter sagte mir noch, dass es eine Kopie von dem roten Heft gäbe, der Sicherheit halber.«

»Eingescannt und auf dem USB-Stick von Gustis Brustkreuz abgespeichert!«, ergänzt Philomena.

»So genau hat er sich nicht ausgedrückt«, sagt Habermehl. »Ich wollte aber nicht nachfragen. Ich wollte ihn nicht misstrauisch machen. Ich habe Zelter dann eingeladen, das Bergwerk zu besuchen. Er war interessiert.«

# XXXI

Zelter und Habermehl fuhren in Zelters Alfa Romeo auf einem Waldwirtschaftsweg. In einiger Entfernung sahen sie Max Pöcksteiner, einen Dackel an der Leine, und Don Prospero an Pöcksteiners SUV stehen. Sie gingen ein Stück durch den Wald und erreichten, was offensichtlich der Eingang zu einem Bergwerksstollen war.

»Ich warte hier«, hatte Habermehl beinahe ängstlich gesagt. »Ich hab's ja schon gesehen.«

Habermehl zeigte auf den Dackel, nannte ihn Rüpel und wiederholte, dass er mit dem Hund am Eingang bis zur Rückkunft warten wollte und scherzte, dass, sollten sie innerhalb einer halben Stunde nicht zurück sein, er Rüpel losschicken würde, sie zu suchen.

»Der findet uns. Das ist garantiert«, hatte Pöcksteiner gesagt, gelacht und Doktor Zelter versichert, dass es keinerlei Grund zur Sorge gäbe, der Stollen in bestem Zustand wäre und man sich nicht, ja, unmöglich verlaufen könnte.

Der Dackel bellte, als wollte er seine Fähigkeiten bestätigen.

»Das Stollensystem ist weit verzweigt. Es gräbt sich seit dem 14. Jahrhundert durch den Berg«, erklärte Pöcksteiner ruhig und fragte Zelter, ob er klaustrophobisch sei.

»Nun, ich habe keine besondere Vorliebe für enge Räume, schon gar nicht unter der Erde«, hatte Zelter geantwortet und, dass er es einfach versuchen wolle. »Wie hoch sind denn die Stollen?«

Pöcksteiner erklärte, dass man bequem darin stehen könne, dass man sich an manchen Stellen etwas bücken müsse, sie aber die engen Abschnitte, dort, wo sie früher die Kinder durchschickten, umgehen werde.

Max Pöcksteiner, Don Prospero und Zelter setzten Helme mit Grubenlampen auf. Zelter hatte seine Kamera dabei. Pöcksteiner entriegelte ein mächtiges Vorhängeschloss, schob ein schweres Eisengittertor nach innen, leuchtete mit einer Taschenlampe gegen einen Sicherungskasten, öffnete ihn und legte einige Kippschalter um, worauf sich eingegitterte Lampen entlang der Stollendecke einschalteten.

Max Pöcksteiner ging voraus. Mateusz Zelter folgte ihm in den Stollen nach. Dahinter Don Prospero. Der Gang führte tief in den Berg. Sie gingen um Ecken, passierten doch engere, niedrige Stellen, mal weite, hohe Bereiche. Schließlich kamen sie zu einer massiven Stahltür. Pöcksteiner zog eine Holzschatulle aus seiner Jackentasche, öffnete sie und entnahm ihr einen Schlüssel, dessen langer Bart vielfach gestuft war. Pöcksteiner entriegelte das Schloss der Stahltür, fingerte einen kurzen Moment im dahinterliegenden Dunkel, legte mit einem jeweils deutlichen »Klack« zwei, vielleicht drei Kippschalter um, stieß die Stahltür vorsichtig auf und machte eine einladende Geste in Zelters Richtung.

»Bitte! Nach Ihnen.«

Zelter trat ein. Er war geblendet. Auf Regalen standen sakrale Geräte aus Gold und Silber, fein ziseliert, viele mit Edelsteinen besetzt, manche mit farbigem Grubenschmelz dekoriert.

»Prachtvoll! Nicht?«, sagte Pöcksteiner und lächelte.

In einer zentralen Vitrine war ein Schrein aus Silber aufbewahrt, in dessen Nischen zwölf Apostelfiguren aus Gold standen. Zelter ging an den Objekten vorbei, bückte sich, kniete vor ihnen oder reckte den Hals, doch nahm er keines in die Hand, zu überwältigend war ihre Wirkung auf ihn.

»Nachdem das Kruzifix als ein Jugendwerk Michelangelos erkannt worden war, kam die ganze Welt nach Schnait. Aber das wissen Sie ja inzwischen«, resümierte Pöcksteiner plötzlich.

»Und wir, der Ignaz Habermehl, ich und Don Prospero arbeiteten den Nachlass von Itzlinger auf. Nur, da war kein rotes Heft. Das hatte Gusti an sich genommen. Sie war doch seine Haushälterin und auch als er starb bei ihm. Wir wussten nichts von Jakob Sternlieb.«

Pöcksteiner berichtete weiter, dass der Stollen sich seit Jahrzehnten selbst überlassen gewesen war, dass ihn kein Mensch mehr betreten hatte und er ihn trotz dessen in einem solch bemerkenswert guten Zustand vorgefunden hätte.

»Als ich ganz zufällig vor ein paar Monaten hierher kam, weil ich daran gedacht hatte, ein Bergwerksmuseum einzurichten, stieß ich bei der dritten oder vierten Begehung auf eine große Anzahl Holzkisten«, berichtete Pöcksteiner. »Ich war verunsichert. Konnte mir keinen Reim darauf machen und hatte doch eine sehr, sehr ungute Vorahnung.«

»Hatte Ihr Vater nie mit Ihnen über diese Sachen gesprochen?«, fragte Zelter.

»Mein Vater, verehrter Doktor Zelter, sprach nie mit mir. Wenn überhaupt, dann sprach er zu mir und niemals über seine Vergangenheit«, antwortete Max Pöcksteiner mit angestrengter Endgültigkeit in der Stimme.

Bevor Zelter ihn nach seiner Mutter fragen konnte, fügte Pöcksteiner vorauseilend hinzu, dass auch sie niemals die Objekte erwähnt, über die Vergangenheit nur im Allgemeinen gesprochen hatte, niemals persönlich geworden war.

»Und Jakob Sternlieb?«

»Ob er meinen Vater zur Rede gestellt hat? Ich weiß es nicht.«

»Wie sollte er auch? Er hatte Itzlingers Identität angenommen und sich als Pfarrer einsetzen lassen«, pikierte sich Don Prospero. Seine Worte hörten sich wie eine Anklage der Hochstapelei an.

»Don Prospero, was reden Sie da? Jakob Sternlieb kümmerte sein eigenes Schicksal überhaupt nicht«, widersprach Zelter der kleingeistigen, geradezu verleumderischen Logik des Priesters.

Er zitierte Jakobs Worte im roten Heft, dass der Atheist in ihm irgendwann entschieden hatte, Vertrauen in die Eintracht aller Menschen zu setzen und wagemutig nach Versöhnung zu streben, sie zu versuchen.

»So kam er Gott ganz nah. Er hörte ihn plötzlich.«

»Gott war es, der in Christus die Welt mit sich versöhnt hat, indem er den Menschen ihre Verfehlungen nicht anrechnete ...«, antwortete Don Prospero mechanisch, geradezu störrisch mit einem Zitat aus dem 2. Korintherbrief, und Zelter vervollständigte leidenschaftlich: » ... und uns das Wort von der Versöhnung anvertraute.«

»Ja, ja«, kommentierte Don Prospero unleidlich, bald selbstgefällig. »Ja, ja! Nur, lieber Doktor Zelter, sie vergessen, Jakob Sternlieb war Jude.«

Zelter reagierte mit einem vollkommen entgeisterten Gesicht und konnte Don Prospero nur mit einem heftigen Aufschrei davon abhalten, seine katholisch chauvinistische Geisteshaltung zu erläutern.

»Na und? Die Juden feiern den Jom Kippur, an dem die Versöhnung mit dem Ewigen allein dadurch erreicht wird ... «

»Der Versöhnungstag der Juden befreit von Sünden gegen Gott, lieber Doktor Zelter, jedoch von Sünden gegen den Nächsten erst, nachdem ... «, unterbrach Don Prospero, versuchte Zelter zu verbessern, dessen Interpretation schulmeisterlich zu verengen und sagte noch, dass etwas im Talmud stünde, als Pöcksteiner plötzlich die Hand auf Zelters Schulter legte und Don Prospero mit einem schmerzhaft verzogenen Gesicht anschaute, wie jemand der darum bittet, sich nicht zu verlieren und diesen unnötigen Diskurs zu beenden.

»Sie haben vollkommen Recht. Jakob Sternlieb war ein großartiger Mann, größer als das Leben, vielleicht«, sagte Pöcksteiner ruhig.

Die Männer schwiegen einen Moment. Pöcksteiner wiederholte schließlich, dass, nein, Jakob Sternlieb seinen Vater wahrscheinlich nie zur Rede gestellt, dass er aber auch nicht zu seinen Gunsten ausgesagt hätte.

»Sie haben sich wohl ein einziges Mal unter vier Augen getroffen. Da hat Sternlieb von seiner Familie gesprochen, dass sie ermordet worden war.«

»Alle dreiundzwanzig Menschen«, präzisierte Zelter. »Elf Erwachsene, darunter ein junges Ehepaar, die Frau gerade schwanger, fünf Jugendliche unter einundzwanzig Jahren, vier Kinder, zwei Kleinkinder, davon eines erst vierzehn Monate alt.«

Zelter erinnerte es genau. Er hatte es am Ende des roten Hefts gelesen, eigentlich entziffert, da, wo die Tinte zerlaufen war und das Papier aufgequollen.

Pöcksteiner nickte.

»Als Offizier der Waffen-SS hätte Ihr Vater doch als Hauptschuldiger eingestuft, sein Vermögen gesperrt werden müssen«, griff Zelter den Gesprächsfaden wieder auf.

Pöcksteiner erwiderte, dass sein Vater seit jeher über viele, sehr wertvolle Kontakte verfügte.

»Er war das, was man heute wohl einen Netzwerker nennt. Er konnte, wenn er wollte, wenn es ihm zum Vorteil geriet, sehr charmant, geradezu fürsorglich sein«, sagte Pöcksteiner mit Spott in der Stimme.

Zelter hatte mit diesen Netzwerken bereits zu tun gehabt, war in vergangenen Recherchen auf sie gestoßen, immer wieder. Dort bestätigte »man« sich gegenseitig integres Verhalten und tat jeden Schwur, wurde er eingefordert, als Zumutung einer Zivilgesellschaft ohne soldatisches Ehrempfinden ab, einer Gesellschaft, die keinen Verstand für die Notwendigkeiten des Krieges kannte.

In diesen Netzwerken denunzierte »man« jeden Schuldspruch als eine von den Siegern in die Schreibmaschinen der Spruchkammern diktierte Revanche. Nie erkannte »man« eine Verurteilung als gerechte Strafe für eigene Schuld an, weil stets, auch die grausamste Willkür, einem angeblichen Befehlsnotstand geschuldet war.

Auch Max Pöcksteiners Vater hatte es mit Hilfe seines Netzwerks geschafft, zunächst als Minderbelasteter eingestuft zu werden, trotz der Mitgliedschaft in der NSDAP vor dem 1. Mai 1937, trotz des Rangs eines SS-Obersturmbannführers und Oberstleutnants der Waffen-SS.

»Das reichte ihm jedoch nicht. Er musste selbst dieses Urteil kippen, weil auch Minderbelastete als Sühnemaßnahme für die Dauer einer Bewährungsfrist von, ich erinnere mich nicht, zwei oder drei Jahren kein Unternehmen gründen oder als Geschäftsführer leiten konnten. Und es ist ihm gelungen. Am Ende kam die Postkarte, der berühmte Persilschein, und er war entlastet und konnte mit seiner Firma anfangen.«

»Wenn Sie das alles so genau wissen, dann hat Ihr Vater wohl doch mit Ihnen gesprochen und nicht nur zu Ihnen?«, bemerkte Zelter deutlich misstrauischer.

»Nein! Doktor Zelter, nein. Ich habe das alles aus dem Nachlass des Rechtsanwalts Achenbach erfahren, der meinen Vater damals vertreten hat.«

Zelter musste an den »Schrank der Schande« denken, den der italienische Militärstaatsanwalt Antonino Intelisano im Mai 1994 in einem Hinterzimmer in Palazzo Cesi-Gaddi in Rom ganz zufällig entdeckt hatte und in dem bald siebenhundert Ermittlungsverfahren mit Bezug auf mehr als zweitausend Kriegsverbrechen deutscher Einheiten verwahrt und seit Anfang der Sechzigerjahre archiviert worden waren. Er fragte Pöcksteiner, ob die Kriegsverbrechen seines Vaters zumindest von der Allgemeinen Militäranwaltschaft in Rom erfasst und je verfolgt worden waren.

»Ich gehe davon aus«, antwortete Pöcksteiner knapp. »Ja, die Italiener haben die deutschen Behörden um Amtshilfe ersucht. Das war Mitte der neunziger. Nur, da war mein Vater bereits tot.«

Zelter konnte sich die Bemerkung nicht verkneifen, ja, sie sprang ihm geradezu von der Zungenspitze in die Luft der Wunderkammer zwischen Kelchen aus Silber und Altarkreuzen aus Gold, dass sein Vater, der SS-Obersturmbannführer Hubertus Pöcksteiner im Rang eines Oberstleutnants der Waffen-SS sich wohl ein zweites Mal aus dem Staub gemacht hatte.

Max Pöcksteiner zuckte zusammen. In seinem Gesicht zitterte ein Muskel am linken Nasenflügel so heftig, als hätte er einen Stromschlag erhalten.

# XXXII

»Pöcksteiner und Don Prospero kamen nach einer halben Stunde ohne Doktor Zelter aus dem Berg zurück. Sie wirkten angestrengt, irgendwie ratlos. Dann sagte Pöcksteiner plötzlich, dass Doktor Zelter einverstanden sei, ja, dass er eingeschlagen hätte und die anonyme Restitution der sakralen Objekte begleiten würde, das Michelangelo-Kruzifix aber außen vor bleiben solle und er auf das Verfassen der Biografie von Jakob Sternlieb verzichte. Das bestätigte auch Don Prospero und, dass Zelter gleich im Berg geblieben sei, um die Objekte zu fotografieren, dass er sofort danach abreisen, zurück nach München fahren wolle. Ich hab das ... «, sagt Habermehl,

» ... geglaubt?«, fragt Fingerhut ungläubig.

»Ja! Nein! Ich weiß nicht!«, sagt Habermehl, senkt seinen Kopf und gesteht ein, dass er Pöcksteiner und Don Prospero glauben wollte, weil die Gefahr abgewendet schien, eine Lösung gefunden worden war.

Habermehl faltet seine Hände und beginnt an den Nägeln seines rechten Daumens zu kauen. Er schaut zu Fingerhut, als ob er ein Lob erwarte, weil er doch geläutert sei.

»Als wir beim Schließen des Verdecks von Zelters Alfa dessen Smartphone entdeckt haben, das noch am Ladekabel angeschlossen zwischen den Sitzen lag, ist Don Prospero auf die Idee gekommen, Zelters Abreise per WhatsApp an den Gasthof zu übermitteln.«

Habermehl sagt weiter aus, dass sie schließlich mit Max Pöcksteiners SUV weggefahren seien.

Fingerhut, der die ganze Zeit mit dem Rücken gegen die Fensterbank gelehnt hat, atmet tief ein, holt die Tüte Gummibärchen aus seiner Jacketttasche und reißt sie mechanisch, dabei geübt auf.

»Und drei Tage später ist Onofrio nach München gefahren und ist in das Institut eingebrochen«, stellt Philomena fest.

Habermehl nickt nicht. Er starrt vor sich hin, während Fingerhut eine kleine Traube Gummibärchen aus der Tüte zieht. Habermehl beteuert wieder, erst nach Zelters vorgetäuschten Autounfall, an dem er nicht beteiligt gewesen sei, mit dem er nichts, aber auch gar nichts zu tun hatte, über die »Sicherstellung«, wie Don Prospero den Diebstahl des roten Hefts nannte, informiert worden zu sein.

»Don Prospero sagte mir, dass man kein Risiko eingehen wollte, das rote Heft nach Zelters Unfalltod nicht in die falschen Hände geraten durfte«, erzählt Habermehl in einem Stimmcrescendo, das darin gipfelt, Verständnis bei Fingerhut und Philomena einzufordern. »Das war doch nachvollziehbar! Oder etwa nicht?«

Fingerhut geht auf Habermehl zu und setzt sich ihm gegenüber an den Tisch, an dem Mateusz Zelter gearbeitet hatte. Er betrachtet Habermehl, das nervöse Zwinkern seiner Augenlider.

»Eine Sache ist mir noch unklar: Du hast gesagt, dass Don Prospero dir Gustis Brustkreuz vor die Füße geworfen hätte und, dass seine gehetzte Stimme sich mit dem Angelusläuten der Marienglocke mischte.«

Habermehl nickt zustimmend, weitet den Kragen seines Hemdes, zieht ein Stofftuch aus der Hosentasche und wischt sich über die Stirn und den Nacken.

»Richtig!«, bestätigt Habermehl und ergänzt, dass die Marienglocke immer um achtzehn Uhr läutet. »Vor der Messe um halb sieben.«

Fingerhut schlussfolgert, dass Don Prospero demnach eine halbe Stunde Zeit gehabt hätte, nach der Tat aus dem Kavalierssaal zurück in die Sakristei von Sankt Nicolai zu kommen, sich umzukleiden und die Messe zu zelebrieren.

»Er hatte wenig Zeit und er hat riskiert, auf dem Weg zurück vom Schloss durch die Altstadt nach Sankt Nikolai gesehen zu werden.«

Habermehl nimmt eine Taschenlampe und einen Schlüsselbund aus einer Kiste, geht langsam, ruhigen

Schrittes aus der Bibliothek hinaus auf den Gang. Auf Zurufen von Fingerhut, wohin er wolle, reagiert er nicht. Fingerhut und Philomena folgen ihm. Er geht eine Rampe Stufen nach der anderen bis ins Erdgeschoss des Schlosses, dorthin, wo früher die Kutschen einfuhren. Im Schatten der Treppe stößt er eine verdeckte Tür auf, hinter der eine steinerne Wendelstiege auftaucht. Der Lichtkegel von Habermehls Taschenlampe windet sich in die Tiefe und endet am Einstieg zu einem schmalen Gang. Fingerhut und Philomena haben zu Habermehl aufgeschlossen. Er hört ihren Atem. Er spürt ihren Atem. Durch die kalte Atmosphäre dieser Unterwelt hallt das Echo von fallenden Wassertropfen. Ohne ein Wort zu sagen, geht Habermehl weiter. Der Lichtkegel seiner Taschenlampe tanzt über die gekalkten Wände, den Ziegelboden, der von diagonal gelegten Rinnen in immer gleichen Abständen durchzogen ist, und entlang des überragenden Tonnengewölbes. Habermehl läuft schneller. Er schaut auf seine Uhr, dessen fluoreszierende Zeiger auf »zehn« stehen. Fingerhut und Philomena folgen ihm, wobei Fingerhut verschiedentlich in eine der Rinnen tritt, in denen Wasser läuft und leise über seine jetzt nassen Schuhe flucht. Habermehl erreicht eine Treppe, die das zunächst steile, zunehmend abnehmende Gefälle des Gangs überwindet, ab und zu um Ecken biegt und schließlich in einer Fläche ausläuft. Habermehl steht am Fuß einer hölzernen Wendelstiege. Es ist zehn Uhr zwölf Minuten.

»Die haben wir einbauen lassen. Die alte Stiege war morsch und nicht zu retten«, flüstert er.

»Ihr habt den Gang bei den Restaurierungsarbeiten entdeckt?«, fragt Fingerhut ebenso leise.

»Er diente den Fürstbischöfen bei Gefahr. Besonders während des reformatorischen Bildersturms im ersten Drittel des sechzehnten Jahrhunderts«, belehrt der geschichtskundige Habermehl, worauf Philomena etwas ungeduldig vorschlägt zu erkunden, wohin die Wendelstiege führt.

»Vielleicht können wir die historischen Aspekte später diskutieren«, sagt Philomena und klettert im Lichtkegel von Habermehls Taschenlampe die Stufen hoch. Sie steht vor einer niedrigen Tür, stößt sie auf und blickt auf das im Mondlicht warm schimmernde Nussbaumfurnier eines Möbels. Sehr vorsichtig geht Philomena gebückt durch die niedrige Tür, die sich als Teil der Wandvertäfelung der Sakristei von Sankt Nicolai entpuppt.

»Seien Sie vorsichtig! Die Alarmanlage!«, ruft Habermehl im Flüsterton. Auf Philomena folgt Fingerhut, nach ihm kommt auch Habermehl.

»Fassen Sie die Tür dort nicht an. Sie ist gesichert. Die Alarmanlage macht einen Höllenlärm«, sagt er.

Auf der mächtigen Kredenz in der Sakristeimitte liegen eine große Packpapiertüte und daneben ein Zettel: »Onofrio! Soutane in die Reinigung. Schuhe in die Altkleidersammlung.«

Fingerhut bückt sich und schaut, ohne sie zu berühren, in die offene Tüte. Er sieht schwarzen Stoff, der deutliche Spuren von weißem Staub zeigt. Unterhalb des Möbels steht ein paar schwarzer Schuhe, die vollkommen durchnässt sind.

Plötzlich echot ein Knall vom angrenzenden Pfarrhaus durch den späten Abend, der an seinem Ursprung ein scharfer Peitschenhieb sein mochte. In der angespannten Stille ist entfernt Don Prosperos Stimme zu hören: »O gütige, o milde, o süße Jungfrau Maria … O clemens, o pia, o dulcis virgo Maria!«, erstickt ein ekstatischer Aufschrei in einem Weinkrampf.

»Lasst uns gehen. Wir wissen genug!«, sagt Fingerhut, als Philomena einen unbedachten Schritt zurück macht und sich an der schmiedeeisernen Klinke der Sakristeitür festhält, die in das Seitenschiff von Sankt Nicolai führt.

Ein Klack und ein Alarm schwingt sich zu ohrenbetäubendem Lärm auf, als nähme er Anlauf, um auf einer Dezibel-Skala den höchsten Wert zu erreichen.

Als Don Prospero mit Lina Dorn nach kaum zwei Minuten mit schmerzverzerrten Gesichtern und verzweifelt zugehaltenen Ohren in die Sakristei stürmen, sind Habermehl, Fingerhut und Philomena bereits durch die kleine Tür in der Wandvertäfelung zurück in den Geheimgang der Fürstbischöfe von Schnaitsfeld geschlüpft und auf dem Rückweg zum Schloss.

# XXXIII

Am nächsten Morgen um fünf Uhr dreißig klingeln drei Beamte, darunter Polizeihauptmeister Georg Wetter vom Schnait'schen Polizeiposten und ein Kollege in Begleitung von Kriminalhauptmeisterin Philomena Miyakawa an der Tür des Pfarrhauses. Auf den Hinweis von Lina Dorn, dass der mehrere Stunden zurückliegende Alarm ein Fehlalarm gewesen sei, sie das auch telefonisch durchgegeben hätte, antwortet Philomena, dass sie nicht deshalb gekommen seien: »Der bereitschaftsdiensthabende Staatsanwalt der Staatsanwaltschaft Bayreuth hat die vorläufige Festnahme ihres Bruders Don Prospero Dorn nach Paragraph 127 Strafprozessordnung noch in dieser Nacht angeordnet.«

Auf Don Prosperos aus der Tiefe des Pfarrhauses donnerndes Rufen, was in Allerherrgottsfrühe passiere, dreht sich Lina mit angstverzerrtem Gesicht langsam um und sieht ihren Bruder, sich einen Morgenmantel überziehend, den langen Flur von der Treppe, die in den ersten Stock zu den Schlafzimmern führt, auf sich zukommen.

»Herr Prospero Dorn, Sie sind vorläufig festgenommen. Es besteht gegen Sie der dringende Tatverdacht des Mordes an Doktor Mateusz Zelter und an Gusti Langhammer, an diesen beteiligt beziehungsweise diese direkt verübt zu haben. Weiter werden Ihnen Verschleierung eines Verbrechens durch Vortäuschung eines Verkehrsunfalls, Anstiftung zum Dieb… «, sagt Philomena während die begleitenden Beamten bald erschrocken, bald peinlich berührt auf den Boden starren und Don Prospero Philomena unterbricht und trocken erwidert, dass er sich etwas anziehen müsse.

»Packst du mir ein paar Sachen zusammen«, sagt er zu seiner Schwester.

Als Don Prospero kurz darauf den Polizeiwagen besteigt, dreht er sich noch einmal um und sieht an einem der Fenster im ersten Stock Fanny und Rickey stehen. Er hebt seine mit Handschellen gefesselten Hände, versucht zu winken. Zum ersten Mal schrecken Fanny und Rickey nicht zurück.

Auf dem Gutshof von Max Pöcksteiner spielt sich eine ähnliche Szene ab. Nur, dass Max Pöcksteiners Frau sich aus einem Zustand der fortgesetzten Entrüstung nicht befreien kann, die Unglaublichkeit dieser Vorwürfe nicht akzeptieren will und mehrfach droht, sämtliche Kontakte in Politik und auf höchsten Verwaltungsebenen in Gang zu setzen, was für Kriminalhauptkommissar Fingerhut eine Versetzung auf einen unbedeutenden Posten bedeuten würde, dort, wo er keinen Schaden anrichten und hochangesehene, hochverdiente Bürger nicht mit geradezu infamen Vorwürfen überziehen könne.

Dies ändert nichts an der Festnahme von Max Pöcksteiner, der, ganz im Gegensatz zu seiner Frau, die Angelegenheit, wie er sie nennt, ruhig und gefasst, beinahe vorbereitet aufnimmt und widerstandslos Fingerhut und zwei weiteren Beamten folgt.

# XXXIV

Die herbeigeeilten Anwälte argumentieren überraschend, dass von Mord keine Rede sein könne, weil das Motiv fehle und zitieren die Washingtoner Erklärung vom 3. Dezember 1998 über die Restitution von Raubkunst, die Privatleute aufgrund der im Bürgerlichen Gesetzbuch festgeschriebenen Verjährung rechtlich zu keiner Rückgabe verpflichtet.

»Warum soll ich einem Menschen nach dem Leben trachten ...«, umschreibt Staranwalt Dr. Papst den Mordvorwurf, »... der mir keinen Schaden zufügen kann, ja keinen Schaden zufügen will«, resümiert er triumphierend. »Max Pöcksteiner konnte und kann die Objekte ganz offiziell behalten«, vervollständigt er mit einem Lächeln, das sein Innehalten begleitet, bevor es von einem Räuspern unterbrochen wird. Auch das Michelangelo-Kruzifix stamme ja aus dem Nachlass eines Privatmanns, des verstorbenen Jakob Sternlieb; damit handele es sich ebenfalls um ein nicht rückgabepflichtiges Objekt, erklärt Don Prosperos Rechtsbeistand aus der Kanzlei Bischof & Bischof, was einen Gerichtsdiener zu der humoristischen Bemerkung hinreißt, nach dem »Papst« und dem »Bischof« müsse wohl »Gott« auf dem Richterstuhl Platz nehmen und »Luzifer« die Anklage vertreten.

Der Staatsanwalt hält dagegen, dass es sich im Fall von Hubertus Pöcksteiner um Kriegsverbrechen handele, um Raubmorde an der Zivilbevölkerung aus niedrigen Beweggründen, nämlich der hemmungslosen Eigensucht eines SS-Offiziers. Der Versuch, die Verjährung im Sinne des Bürgerlichen Gesetzbuches anzuwenden, sei eine nachträgliche Ohrfeige für die Opfer und könne keine Anwendung finden. Die Restitution der Kunstobjekte einschließlich des Michelangelo-Kruzifixes sei somit zwingend erforderlich.

Dr. Papst ignoriert die Argumentation des Staatsanwaltes und führt aus, dass es schließlich Mateusz Zelter gewesen war, der darum gebeten hatte, sich länger im Bergwerk aufzuhalten. Auch hätte er noch seine Abreise im Berg angekündigt. Dass Don Prospero die WhatsApp von Dr. Zelters Smartphone an den Hotelier geschickt hat, sei als fürsorgliche Geste einzustufen. Max Pöcksteiners beklagenswerte Fahrlässigkeit, sich an den Folgetagen nicht weiter um das Schicksal Dr. Zelters gekümmert zu haben, wertet Dr. Papst, wenn überhaupt, als Unterlassene Hilfeleistung nach § 323c Strafgesetzbuch.

»Sicherlich eine Gedankenlosigkeit von meinem Mandanten, ... «, sagt Dr. Papst und wirft Max Pöcksteiner, für alle gut sichtbar, einen vorwurfsvollen Blick zu, »... allein durch seine vielen auch sozialen Engagements erklärlich ...«

Den vorgetäuschten Verkehrsunfall stellt Rechtsanwalt Papst einerseits als zwar schwer verzeihliche, doch verständliche Kurzschlusshandlung, als große Dummheit dar, keinesfalls als Versuch der Verschleierung eines Kapitalverbrechens.

Die vorsitzende Richterin, die über die Ausstellung der Haftbefehle, dessen Vollstreckung mit Unterbringung der Beschuldigten in Untersuchungshaft oder der Aussetzung mit Auflagen entscheiden muss, hört den Vorträgen der Anwälte mit hermetisch verschlossener Miene zu.

Auf dem Flur des Amtsgerichts wartet Fingerhut auf Philomena, die von Weitem mit einem Papier in der Hand winkt, sich schnellen Schrittes nähert. Es handelt sich um den Bericht des Kriminaltechnischen Instituts, das an einer Weggabelung in Pöcksteiners Bergwerksstollen eine verborgene Tür entdeckt hat, die sich bei Unterbrechung einer Lichtschranke automatisch schließt und Zelter die Rückkehr nach draußen unmöglich gemacht hat.

Trotz dieser letzten Erkenntnis wertet die Richterin die Beweislage schließlich als allein indiziengestützt und nicht ausreichend für einen Untersuchungshaftbefehl.

Als die Tür zum Sitzungszimmer aufgeht, schauen Fingerhut und Philomena in die Gesichter von Don Prospero und Max Pöcksteiner, die einen noch angestrengten, bald befreiten, trotzig triumphalen Ausdruck haben. In Dr. Papsts Augen glaubt Fingerhut nicht das strahlende Licht eines Sieges zu lesen. Auch der Anwalt der Sozietät Bischof & Bischof trägt die Miene von einem zur Schau, der aufatmet, weil es doch knapp gewesen und jemand gerade noch mal davongekommen sei. In dem Moment, da die Anwälte und ihre Mandanten den Paternoster gegenüber des Sitzungszimmers bereits angeregt plaudernd besteigen wollen, tritt eine junge Frau auf den Flur. Es ist Fanny. Sie hat den taubenblauen Kittel und die graue Schürze gegen ein buntes Sommerkleid und einen rosafarbenen Cardigan eingetauscht. Sie sagt mit klarer heller Stimme laut, dass sie am Abend nach Mateusz Zelters Verschwinden ein Gespräch zwischen Max Pöcksteiner und Don Prospero mitgehört hat.

»Max Pöcksteiner ...«, ruft sie, »... Sie kamen am Abend des 1. September zu uns ins Pfarrhaus. Erinnern Sie sich?«

»Red' doch keinen Unsinn, Kind!«, weist Don Prospero Fanny mit barschem Ton erschrocken zurecht. »Sei jetzt ruhig und geh zurück nach Hause.«

In diesem Moment tritt die Richterin in Begleitung des Staatsanwalts auf den Flur.

»Lassen Sie die junge Frau doch ausreden.«

»Max Pöcksteiner und Don Prospero saßen bis spät zusammen. Sie tranken Cognac und rauchten Zigarren. Don Prospero dachte, ich wäre in der Küche, doch das war nicht ich, sondern mein Bruder Rickey, der mit dem Geschirr und den Bestecken klapperte, wie ich ihn angewiesen hatte. Ich wollte hören, was die beiden miteinander sprachen. Sie taten sehr geheimnisvoll. Es war anders als sonst.«

»Was genau war anders?«, fragt die Richterin mit einer überraschend einfühlsamen, gütigen Stimme.

»Don Prospero sprach leise, was nicht seine Angewohnheit ist. Er redet immer mit voller Stimme lange und ausschweifend. Nicht so an diesem Abend. Und Max Pöcksteiner flüsterte. Ich aber habe ein sehr feines Gehör.«

»Und was hast du gehört?«, fragt die Richterin.

»Dass sie warten wollten. Dass der ›liebe Doktor Zelter‹ spätestens nach drei, vier Tagen ausgetrocknet sein würde wie eine Weinbeere in der Sonne. Trocken wie eine Rosine, sagte Max Pöcksteiner noch. Ich konnte damit nichts anfangen. Erst nach dem Besuch von Kommissar Fingerhut im Pfarrhaus ist mir alles klar geworden. Nur, da war es bereits zu spät und ich hatte Angst, auch um meinen Bruder Rickey.«

Don Prospero will sich wutentbrannt auf Fanny stürzen, was Fingerhut gerade noch verhindern kann.

»Du hast dich versündigt, du undankbares Ding. Sag, dass es nicht stimmt. Du hast dich verhört! Sag, dass du dich verhört hast«, schreit und schnaubt der Priester. »Alles habe ich für dich und deinen Bruder getan und das ist der Dank!«

Plötzlich taucht Rickey hinter Fanny auf. Er kann zum ersten Mal mit erhobenem Kopf Don Prospero ohne Angst in die Augen schauen. Er nimmt seine Schwester an die Hand und geht mit ihr an den Anwälten, Don Prospero und Max Pöcksteiner vorbei auf Fingerhut und Philomena zu und weiter zur Richterin und dem Staatsanwalt.

»Auch ich muss Ihnen etwas erzählen«, sagt Rickey und durchbricht die angespannte Stille vieler Jahre.

# XXXV

Die Begehung des Bergwerksstollens hatte einen anderen Verlauf genommen, als von Max Pöcksteiner und Don Prospero gegenüber Ignaz Habermehl berichtet: »Zelter fragte, wann Pöcksteiner die Kunstgegenstände publizieren, die wahren Eigentümer ermitteln und die Restitution einleiten wollte.«

»Die Restitution einleiten ... die Restitution einleiten ... « ereiferte sich Max Pöcksteiner mit beinahe hilfloser Geste der Arme und, dass er »ja, natürlich« jedes Objekt ins Netz stellen könne, auf einer Internetseite mit dem Titel »Raubkunst sucht Besitzer, die Beute des Oberstleutnants der Waffen-SS Hubertus Pöcksteiner« veröffentlichen, seinen Vater als Dieb outen könne. Schlimmer noch! Als einen Mann, der grausame Vergeltung geübt hat um zu plündern. Der den Befehlsnotstand vorgeschoben, unendliches Leid gesät hat, um sich zu bereichern.

»Doktor Zelter, ... «, sagte Pöcksteiner eindringlich, wobei sein Gesichtsmuskel unkontrolliert hoch und runter zuckte, » ... richtig oder falsch! Er war mein Vater«, schrie er verzweifelt, hilflos. »Ich hatte kein gutes, eigentlich gar kein Verhältnis zu ihm. Aber er war mein Vater!«, wiederholte er und machte einen Schritt auf Zelter zu, hob die Hände, als wollte er Zelter im nächsten Moment am Kragen fassen und schütteln, ihn zwingen, endlich zu verstehen.

»Und, dass er zum Schluss seine Einheit im Stich gelassen hat, das darf nicht publik werden. Niemals! Mein Vater, ein Feigling, der seine eigenen Leute verrät.«

»Ein Weg geht über das Militärhistorische Institut in München. Wir können die Truppenbewegungen der 16. Nachschubkolonne seit der Befehlsübernahme durch Ihren Vater recherchieren und anhand der dokumentierten Vergeltungsmaßnahmen, der Kriegsverbrechen, die Kirchengemeinden in Italien ausfindig machen, wo diese Objekte wahrscheinlich ihr ursprüngliches Zuhause hatten«, hielt Zelter mit sachlicher Stimme dem emotionalen Ausbruch Pöcksteiners entgegen.

Don Prospero, der seit seiner Bemerkung zu Jakobs Judentum geschwiegen hatte, sich nicht mit der kleinsten Handbewegung eingemischt, geschweige denn, Pöcksteiner unterbrochen, ihn zu beschwichtigen versucht hatte, bemerkte das Offensichtliche: »Wir publizieren nichts, wir forschen nicht nach, weil man sonst schnell auf die Idee kommen könnte, dass auch das Michelangelo-Kruzifix Teil der Raubkunst ist ... «

Er machte eine Pause, ging in dem kleinen Raum an den sakralen Kostbarkeiten vorbei, hob einen goldenen Kelch hoch, der mit bonbongroßen Farbsteinen, vielleicht Smaragden und Saphiren, dekoriert war.

»Passen Sie auf!«, sagte er, stellte den Kelch zurück und faltete die Hände. »Mein lieber Doktor Zelter, Wahrhaftigkeit im Sinne von Streben nach Wahrheit ist mehr als redlich«, sagte er geflissentlich, geübt, als setzte er zu einer Predigt an. »Es ehrt Sie. Ja!«

Dem finalen »Ja!« ließ er mehrere, eher schnoddrig hintereinander aufgereihte von ebenso vielen kurzen Kopfnicken begleitete »Ja!« folgen.

»Ja, es ist Ihre Aufgabe als Historiker, als Mensch!«, verkündete er, um sofort darauf die Einschränkung folgen zu lassen, dass die Sache in diesem, allein in diesem spezifischen Fall doch anders läge.

»Wir wollen die Objekte zurückgeben. Lieber heute als morgen, aber anonym. Weder dürfen die Namen Pöcksteiner, noch mein Name, noch der von Schnait damit in Verbindung gebracht werden.«

»Und selbstverständlich darf auch Ihre Biografie über Jakob Sternlieb niemals erscheinen«, forderte Pöcksteiner, wobei die Ruhe in seiner Stimme eigentümlicherweise etwas Bedrohliches in sich trug, etwas Beschlossenes, dass keine Alternative zuließ.

»Doktor Zelter, Schnait war über Jahrzehnte ein Nebenschauplatz, von der Welt kaum beachtet. Das wissen Sie!«, erklärte Don Prospero mit salomonischer Stimme, als gelte es zwischen Zelter und der realen Welt zu vermitteln, ihn einsichtig für etwas zu stimmen, was allgemein akzeptiert war und nur Zelter als Phantast für falsch hielt.

»Mit dem Michelangelo-Kruzifix fand diese Misere ein plötzliches Ende. Seitdem investieren Kreis und Land in Infrastruktur, in Straßen, neue Bahntrassen und in Überlandbusse. Ja! Sogar ein Krankenhaus soll gebaut werden. Hören Sie doch, ein neues Krankenhaus!«

Als wäre dies nicht genug, ergänzte Pöcksteiner, dass Investoren in Scharen kamen, ein Konsortium, dem er vorstünde, ein Fünf-Sterne-Luxusresort bauen wollte.

»Gleich auf den Wiesen vor den Toren von Schnait. In Panoramalage. Oberhalb des Sees. Und einen Golfplatz«, lobte Pöcksteiner sein Projekt aus. »Die Immobilienpreise sind explodiert. Jetzt wollen auch die berühmten Marken Geschäfte eröffnen. Sie wissen schon: Gucci, Chanel, Bulgari ... eine eigene Schmuckkollektion wollen sie auflegen. Mit unserem Kruzifix! Unserem Michelangelo! Da haben wir das Copyright drauf und das bedeutet ... «

Don Prospero hielt Zelter Daumen und Zeigefinger seiner rechten Hand entgegen und rieb sie aneinander.

Zelter widersprach, dass ein Diebstahl ein Diebstahl bliebe, dass sie Schnaits plötzlichen Reichtum nicht auf dem Leid anderer aufbauen könnten.

»Sie haben gerade selbst gesagt, dass Ihr Vater grausame Vergeltung geübt hat, auch und vor allem, um zu plündern«, hielt Zelter Pöcksteiner vor, worauf der unleidig mit einem gequälten »Ja!« reagierte und einschränkend bemerkte, dass alles schon so lange her sei, als ob die Zeit aus Unrecht Recht gemacht hätte.

»Und, dass es ein echter Michelangelo ist, Doktor Zelter, das ist unsere Entdeckung, unsere Wahrheit, allein unser Verdienst«, rief Don Prospero exaltiert. »Das hatte niemand geahnt. Und Gott sei Dank hat Jakob Sternlieb das Kruzifix nicht einfach zurückgelassen, in dem Kübelwagen, sondern auf den Schultern über die Alpen getragen. Im Geiste gemeinsam mit dem gefallenen Franz Itzlinger und der Sehnsucht nach Versöhnung. Da haben Sie ganz recht, lieber Doktor Zelter.«

Kaum hatte Don Prospero sich vor Zelter verbal verbeugt, versucht, die Reihen zu schließen und ihn mit ins Boot zu ziehen, da resümierte Pöcksteiner eindringlich, dass sie sich damals, vor zwei Jahren, auf der sicheren Seite glaubten, als über das Michelangelo-Kruzifix international berichtet wurde. Dass in allen Medien, landauf landab, ja weltweit, die Geschichte über den Kriegspfarrer Itzlinger verbreitet wurde, der die Ordensschwestern von Castelnuovo gerettet und die Äbtissin ihm als Dank dafür das Kruzifix geschenkt hatte.

»Pfarrer Itzlinger war zum Helden geworden. Ihm wurde posthum der Bayerische Verdienstorden verliehen. In Rom wurde das Verfahren zu seiner Seligsprechung eingeleitet. Die Welt glaubte diese Geschichte. Wir glaubten diese Geschichte und zu keinem Zeitpunkt hat irgendjemand aus Italien das Kruzifix für sich reklamiert. Im Gegenteil!«

Don Prospero übernahm, als wäre es ein Stafettenlauf, die Berichterstattung und sagte, dass drei bald hundertjährige Ordensschwestern von Castelnuovo, die im Jahr der Wiederentdeckung des Michelangelo noch am Leben waren, bestätigten, dass die Äbtissin dem deutschen Wehrmachtspfarrer ein Kruzifix geschenkt hatte. Dass es sich dabei um das Brustkreuz der Äbtissin handelte und nicht um den Michelangelo, unterschieden oder erinnerten sie nicht.

»Wir werden nie erfahren, wo es gehangen hat.«

Als machte Zelter sich ihre Sache zu eigen, philosophierte er, dass, ja, natürlich, das Kruzifix vielleicht gar nicht Teil der Raubkunst seines Vaters war, sondern eines der wenigen Objekte, die SS-Obersturmbannführer Hubertus Pöcksteiner zufällig unter dem undichten Dach einer dem Verfall preisgegebenen Dorfkirche entdeckt hatte und es davor bewahren wollte, dort im Regenwasser aufzuquellen und zu verfaulen.

»Das Kruzifix würde vielleicht heute noch in irgendeiner Dorfkirche vor sich hindümpeln. Unbeachtet. Unerkannt.«

»Ja. Das ist doch möglich«, rief Pöcksteiner, Zelters Ironie ignorierend, geradezu begeistert, ob dem Anschein, dass Zelter auf seine und Don Prosperos Linie endgültig eingeschwenkt war. »Vielleicht hing es auch in der Kapelle eines Palazzo, der dem Krieg zum Opfer gefallen ist, vollkommen zerstört wurde, vielleicht niedergebrannt, dessen Bewohner umgekommen sind, mit ihnen jede Erinnerung ausgelöscht worden ist.«

Diesen letzten Satz hatte Pöcksteiner beinahe ekstatisch begonnen, um in dessen Verlauf langsamer zu sprechen, geradezu in eine verbale Zeitlupe zu stolpern, die sein Bewusstwerden widerspiegelte, dass der Zeitablauf widersprüchlich war und er gerade ein Kriegsverbrechen, vielleicht seines Vaters, beschrieb.

»Die Zukunft von Schnait liegt allein in Ihren Händen, lieber Doktor Zelter. Verzichten Sie auf das Buchprojekt«, bat Don Prospero eindringlich.

»Recherchieren Sie die Besitzer der Objekte«, sagte Pöcksteiner, machte eine ausladende Bewegung mit den Armen und versicherte Zelter, dass es sein Schaden nicht sein sollte, dass sie seine Dienste großzügig honorieren würden. »Unsere Anonymität würde gewahrt, weil die endgültige Rückgabe nach Ihren Maßgaben von einer Anwaltssozietät in München organisiert würde.«

Zelter schwieg einen Moment. Er spürte ein Unwohlsein, eine vorauseilende Furcht, die sich bald in Angst entladen sollte.

»Ich kann Ihnen nicht helfen, nicht assistieren. Und ich kann nicht schweigen«, erklärte Zelter abschließend. »Niemand steht über dem Gesetz. Wahrheit ist keine Frage persönlicher Interpretation. Negieren wir die Wahrheit, verwahrlosen wir seelisch.«

# Epilog

Max Pöcksteiner und Don Prospero werden zu lebenslanger Haft verurteilt. Die Vormundschaft für Rickey wird Don Prospero entzogen und Rickeys Schwester Fanny übertragen.

Ignaz Habermehl wird wegen seiner teilweisen Mitwisserschaft zu einer Bewährungsstrafe verurteilt.

Onofrio erhält wegen des Einbruchdiebstahls ins Zeitgeschichtliche Institut an der Ludwig-Maximilians-Universität und der Beteiligung an dem vorgetäuschten Unfall ebenfalls eine Bewährungsstrafe. In seinem Fall werden als mildernde Umstände die große psychische Abhängigkeit von Don Prospero und die materielle Not Onofrios gewertet.

Der mutmaßliche Mord an Gusti Langhammer bleibt ungesühnt, weil Don Prospero es hartnäckig als Unfall in Folge einer verbalen Auseinandersetzung darstellt.

Die Kunstgegenstände aus dem Bergwerksstollen werden von Max Pöcksteiners Frau an die Behörden übergeben und gemeinsam mit dem Michelangelo-Kruzifix ins Bayerische Nationalmuseum in München verbracht, wo alle Objekte in einer Dauerausstellung dem Publikum präsentiert werden. Gleichzeitig recherchieren Provenienzforscher die wahren Besitzer. Die Assistentin des ermordeten Doktor Zelter am Zeitgeschichtlichen Institut an der Ludwig-Maximilians-Universität in München arbeitet an der Biografie von Jakob Sternlieb.

Isidor Fingerhut und Philomena Miyakawa werden noch Monate nach der Verurteilung der Hauptangeklagten mit Morddrohungen drangsaliert, weil sie als »Nestbeschmutzer« die Stadt Schnait am See und die Region um ihren verdienten Reichtum gebracht und ihr hohes Ansehen in der Welt zerstört hätten.

***

*Johannes Hucke*
## Das Mesa-Projekt

Den Berliner Weinhändlern von „Wein & Vinos" ist ein vorzügliches Geschäft geglückt: Bartomolé Talavera, eigenwilliger Winzer aus der iberischen Meseta, verkauft zwei Fässer seines besten Jahrgangs zu überraschend günstigen Konditionen. Kurz darauf muss Talavera sein Weingut schließen; er ist zu alt, die Nachkommen zeigen kein Interesse. Die Krise packt ihn hart. Und dennoch gehört Talaveras gewaltiger Tropfen zu den absoluten Knüllern der Weinhändler; die Nachfrage nimmt heftige, dann bedrohliche Züge an. Der Überfall auf eine Vinos-Filiale legt den Verdacht nahe, allein der Wein sei nicht der Grund für jenes überschießende Interesse. Da vernimmt man die Nachricht vom Tode Talaveras – und findet Unglaubliches in seinem Roten, als zwei eigenartige Gestalten in Berlin auftauchen ...

Johannes Hucke – über den die Presse schreibt „gehaltvoll, poetisch, spannend, unterhaltsam, wortwitzig" – legt mit diesem Band, der mit dem Berliner Weinfachhändler vinos.de entstanden ist, bereits seinen neunten Krimi vor. Der Band ist auch eine Reminiszenz an die fast schon legendären „Mesa"-Weine des Weinspezialisten.

*„Hucke wandelt nicht gerne auf ausgetretenen Pfaden, sondern erfindet neu. Seine Geschichten reichen für ein ganzes Leben."*
LEBENSART

*Helmut Sorge*
# Ich hätte König sein können

*„Sorge machte alles, was ich gerne gemacht hätte ... Er war Korrespondent des Spiegel in England und den USA und lebt jetzt in Marrakesch. Eine Mischung aus Ian Fleming und Ernest Hemingway. Ein kluger Weltenbummler mit Stil.“* THOMAS GOTTSCHALK

Sorge berichtet aus einer anderen Welt: von einer britischen Porno-Koryphäe, die bei der Tauchfahrt eines Atom-U-Boots von ihrem Bruder, einem anglikanischen Geistlichen, enttarnt wird. Oder von Chester, der Geliebten eines brasilianischen Erben, die dem Autor am Strand von Malibu beichtete, wie sie ihren Lover über einer Python bettete, die Kälber verschluckte. Das bestätigt Leidenschaft, die eine arabische Schönheit dem Schreiber nicht offenbarte – sie kam mit neun Louis-Vuitton-Koffern und blieb nur eine Nacht, überraschte ihren Gastgeber jedoch mit der Nachricht, sie würde allein, mit nur 40.000 Dollar Notgroschen in der Tasche, mit dem Zug an die Côte sausen, wo der Papa, ein ölumschwappter Scheich, mit seiner bescheidenen Jacht auf sie wartete.

Eine bunte Welt, indeed, mit der sich der polyglotte Autor herumschlagen musste zwischen Pariser Place Dauphine, toskanischer „Casa colonica“ und weihnachtlichem Gansessen mit den schönsten Frauen der Welt in New Yorks legendärem „Lüchow's“, wo sich Heimweh und Schlachtplatte verbrüderten und verschwesterten. Ein Potpourri, das daran erinnert, wie bunt und faszinierend diese Welt war, bevor ein Virus drohte, unseren Planeten zu zersetzen.

Paperback, 232 Seiten, 16 Euro
ISBN 978 3 96308 041 8

*Norbert Braun*
# Bienwaldkreuz

Der Fuhrmann, Bauer und Wilddieb Johann Debrun aus dem südpfälzischen Dorf Büchelberg ist ein angesehener und allseits geschätzter Mann. Er ist ein liebevoller Familienvater, ein hervorragender Schütze und ein außergewöhnlich guter Schwimmer. Voller Hilfsbereitschaft, und mit großer Bescheidenheit, begegnet er seinen Mitmenschen. Angefangen von den Förstern des Bienwaldes bis zur Forstdirektion in Kandel und Neustadt haben manche hingegen gehörigen Respekt und schließlich sogar Angst vor Johann Debrun. Wie war es möglich, dass dieser ehrenwerte Mann im Bienwald zu solch entsetzlicher Grausamkeit fähig wurde?

Norbert Braun studierte an der Universität Karlsruhe, heute KIT, Biologie und Sport, später dann noch an der Uni Heidelberg Philosophie/Ethik. Er unterrichtete an verschiedenen Gymnasien in Baden-Württemberg, war Referent am Kultusministerium in Stuttgart und Schulleiter am Gymnasium. Braun setzt sich in seinem Kriminalroman, dessen Handlung zu Beginn des 19. Jahrhunderts angesiedelt ist, vor dem Hintergrund historischer Fakten mit elementaren Fragen auseinander: Kann die Philosophie helfen, das Richtige zu tun, wenn man vor schwierigen Entscheidungen steht? Kann sie Fragen nach Recht, Unrecht und Schuld beantworten?

*„Spannend bis zum Schluss."*
WOCHENJOURNAL DURLACH

Paperback, 174 Seiten, 16 Euro
ISBN 978 3 96308 077 7

*www.lindemanns-web.de*

*Eberhard Raetz*

## Auf dem Schlappseil

Das Familienessen verlauft fast ohne Zwischenfall. Der Sohn tischt Köstlichkeiten aus Damaskus auf. Die Enkel spielen ebenso friedlich. Das Idyll am Lac Léman ist nahezu perfekt, als die Tochter beim Abräumen des Tisches wieder das Zittern der linken Hand ihres Vaters bemerkt. „Was ist eigentlich los mit dir?" Dem passionierten Ausdauersportler war bereits seit einiger Zeit sein unsicherer Tritt aufgefallen. Diagnose: Morbus Parkinson.

Hundert tagebuchartige Skizzen hat *Eberhard Raetz (†)* zu einer ungewöhnlichen Erzählung verwoben. Mit Paper cuts und literarischen Exkursionen inszenierte er kein Lamento über (s)eine Krankheit, sondern legt einfühlsame Momentaufnahmen seines Protagonisten vor. Der Diplom-Chemiker war viele Jahre als Technischer Direktor eines Nahrungsmittelkonzerns weltweit unterwegs, u. a. länger in Italien, Spanien und Südamerika. Der Verfasser mehrerer Romane und Reisebücher lebte in Vevey, Schweiz.

*„Berührend und überraschend.*
*Ein mutiges Buch."*
H. GEBHARDT

gebunden, Schutzumschlag, 240 Seiten, 16,80 Euro
ISBN 978 3 88190 852 8

Lindemanns Bibliothek, Band 394
herausgegeben von Thomas Lindemann

Titelbild: Basilica di San Lorenzo, Florenz
Foto: RockaB, iStock, Getty Images


ISBN 978-3-96308-155-2
*www.lindemanns-web.de*